光文社文庫

文庫書下ろし／長編時代小説

決闘・柳森稲荷
日暮左近事件帖

藤井邦夫

光　文　社

本書は、光文社文庫のために書下ろされました。

目次

江戸川橋
大塚
板橋宿へ
巣鴨
赤城明神
石切橋
神楽坂
江戸川
切支丹坂
御薬園
松平越前守屋敷
中山道
日光御成街道
小石川馬場
傳通院
小石川
神明宮
小石川御門
水戸徳川家
白山
駒込
春日町
水道橋
菊坂台町
御弓町
駒込追分
千駄木
神田川
本郷
加賀前田家
水戸藩中屋敷
道灌山
湯島聖堂
霊雲寺
根津権現
日暮里
門前町
湯島天神門前町
茅町
不忍池
神田明神
湯島天神
弁財天
石神井用水
明神下
妻恋坂
池之端仲町
根岸
谷中
下谷御成街道
下谷広小路
東叡山寛永寺
外神田
御徒町
向柳原
入谷鬼子母神
（真源院）
三味線堀
幡随院
浅草天王町
甚内橋
鳥越明神
下谷三之輪町
阿部川町
千住大橋
新吉原
新堀川
鳥越橋
旅籠町
日本堤
奥州街道
東本願寺
御蔵前
御蔵前通り
首尾の松
御米蔵
小塚原
浅草広小路
浅草寺
山谷町
御厩河岸之渡し
駒形町
新鳥越橋
雷門
浅草駒形堂
山谷堀
花川戸町
聖天町
吾妻橋
竹町之渡し
今戸橋
今戸町
白鬚之渡し
隅田川
源兵衛橋
竹屋之渡し
瓦町
中之郷
水戸藩下屋敷
向島墨堤
三囲稲荷
長命寺
木母寺
隅田村
北割下水
源森川
小梅村
法恩寺橋
横川
業平橋
寺島村
七日市藩下屋敷
押上村

伝馬町
平川町
四谷御門
市谷
赤坂
麹町
赤坂御門
市谷御門
御納戸町
善國寺
若宮八幡宮
氷川明神
溜池
牛込御門
番町
千鳥ヶ淵
半蔵御門
田安御門
虎之御門
西之御丸
清水御門
新シ橋
外桜田御門
雉子橋御門
和田倉御門
江戸城
南町奉行所
一橋御門
猿楽町
幸橋
土橋
北町奉行所
数寄屋橋御門
神田橋御門
汐留橋
呉服橋御門
常盤橋御門
鎌倉河岸
駿河台
銀座町
竜閑橋
三十間堀川
昌平橋
数寄屋町
鍛冶町
筋違御門
木挽町
京橋
柳森稲荷
一石橋
今川橋
室町
内神田
西本願寺
弾正橋
下谷練塀小路
雲母橋
日本橋
和泉橋
組屋敷
伊勢町
大伝馬町
小伝馬町
佐久間河岸
楓川
江戸橋
亀井町
南八丁堀
八丁堀
組屋敷
八丁堀
西堀留川
柳原土手
鎧ノ渡し
公事宿巴屋
小網町
馬喰町
中之橋
日本橋川
亀島川
元浜町
緑橋
両国広小路
公事宿巴屋の寮
汐見橋
稲荷橋
一ノ橋
浅草御門
鉄砲洲
高橋
新川
南新堀町
千鳥橋
浅草橋
行徳河岸
米沢町
霊巌島
箱崎町
浜町堀
佃島
二ノ橋
箱崎川
薬研堀
柳橋
永久橋
両国橋
石川島
大川
永代橋
新大橋
熊井町
一ツ目之橋
佐賀町
今川町
上之橋
回向院
万年橋
御竹蔵
大島町
海辺大工町
六間堀
油堀
本所
越中島
亥ノ口橋
富岡橋
高橋
二ツ目之橋
海辺橋
林町
蓬莱橋
仙台堀
南割下水
富岡八幡宮
五間堀
亀久橋
霊巌寺
小名木川
深川
竪川
西
北
南
東
吉岡橋
三ツ目之橋
木場
土浦藩下屋敷
崎川橋
新高橋
0
500m

主な登場人物

日暮左近 元は秩父忍びで、瀕死の重傷を負っているところを公事宿巴屋の主・彦兵衛に救われた。いまは巴屋の出入物吟味人。

彦兵衛 馬喰町にある公事宿巴屋の主。瀕死の重傷を負っていた左近を巴屋の出入物吟味人として雇い、巴屋に持ち込まれる公事の調べに当たってもらっている。

おりん 公事宿巴屋の主・彦兵衛の姪。浅草の油問屋に嫁にいったが夫が亡くなったので、叔父である彦兵衛の元に転がり込み、巴屋の奥を仕切るようになった。

房吉 巴屋の下代。彦兵衛の右腕。

清次 巴屋の下代。

お春 巴屋の婆や。

嘉平 柳森稲荷にある葦簀張りの飲み屋の老亭主。元は、はぐれ忍び。今は抜け忍や忍び崩れの者に秘かに忍び仕事の周旋をしている。

陽炎 秩父忍びの御館。左近と共に、秩父の山で育った幼馴染。

小平太 秩父忍び。

烏坊 秩父忍び。

猿若 秩父忍び。

閻魔の仙蔵 甲賀の抜け忍。

一色白翁 高島藩藩主の叔父。

吉崎監物 高島藩下屋敷留守番頭。

如月兵庫 甲賀忍び。

源七 如月兵庫の配下の甲賀忍び。

如月兵衛 甲賀忍び。

飛影 如月兵衛の配下の甲賀忍び。

宗竜 如月兵衛の配下の甲賀忍び。

決闘・柳森稲荷

日暮左近事件帖

第一章　出稼ぎ

一

夜通し降り続いた雨は上がり、江戸湊《えどみなと》は朝日に美しく煌《きら》めいた。

公事宿《くじやど》『巴屋《ともえ》』出入物吟味人《でいりものぎんみにん》の日暮左近《ひぐらしさこん》は、鉄砲洲波除《てつぽうずなみよけ》稲荷の本殿に参拝し、境内《けいだい》の隅に佇《たたず》んで広がる江戸湊を眺めた。

江戸湊には艀《はしけ》が忙しく行き交い、舞い飛ぶ多くの鷗《かもめ》が煩《うるさ》い程に鳴いていた。

汐風が吹き抜け、眩《まぶ》しく眺める左近の鬢《びん》の解《ほつ》れ毛を揺らした。

さあて……。

左近は、日本橋馬喰町《にほんばしばくろちよう》の公事宿『巴屋』に行こうとした。

本殿裏の縁の下に僅かに動くものがあった。

「うん……」

左近は気付き、本殿裏の縁の下に向かった。

本殿裏の縁の下には、旅姿の十三、四歳程の少女が蹲《うずくま》っていた。

旅の少女が野宿をしたのか……。

左近は読んだ。

旅の少女は、眠っているのか眼を瞑《つむ》って息を荒く鳴らしていた。

まさか……。

「おい……」

左近は、旅の少女に声を掛けた。

旅の少女は、熱っぽい顔をして息を荒く鳴らし、眼を覚ます事はなかった。

「熱がある……」

左近は気が付いた。

旅の少女は雨に濡れ、熱を出して気を失っている……。

左近は読んだ。

「おい。しっかりしろ……」

左近は、旅の少女を本殿の縁の下から引き出し、抱き上げた。

旅の少女は軽かった。

左近は、巴屋のおりんに使いを出し、旅の少女を己が暮らす巴屋の寮に運んだ。

そして、濡れた着物を脱がして蒲団に寝かせた。

旅の少女は痩せ細り、肋骨《あばら》を浮かべた貧弱な身体をしていた。

左近は、旅の少女を蒲団で包んで温め、秩父忍《ちちぶしの》び秘伝の熱冷ましの丸薬《がんやく》と滋養《じよう》強壮《きょうそう》の薬草を煎《せん》じて飲ませた。

旅の少女は眠り続けた。

何処《どこ》の誰なのか……。

左近は、旅の少女の持ち物を検《あらた》めた。

僅かな銭の入った粗末な巾着《きんちゃく》、古い手拭い、油紙に包んだ古い手紙などがあった。

左近は、古い手紙を包んだ油紙を開いた。

「ちちぶ、はんのう、こま、はたの、おたみどの……」

古い手紙は、拙《つたな》い男文字の平仮名で宛名が書かれていた。

左近は、手紙を開いて読んだ。

手紙は、旅の少女の父親が家族に出したものだった。

父親は、江戸に出稼ぎに来ており、奉公先は掘割《ほりわり》沿いの米問屋であり、掘割越しに小さな稲荷堂が見えると書かれていた。

旅の少女は、江戸に出稼ぎに来ている父親を訪ねて来たのかもしれない。

左近は睨《にら》んだ。

「どうしたの、左近さん……」

公事宿『巴屋』のおりんがやって来た。

「おお。良く来てくれた……」

左近は、安堵《あんど》を浮かべた。

「あら、どうしたの、此の娘《こ》……」

おりんは、眠っている少女を見て戸惑った。

「うん。波除稲荷の本殿の縁の下に蹲っているのを見付けてな。昨夜の雨で濡れ鼠になり熱を出して気を失っていた」

左近は告げた。

「あら、可哀相に……」

おりんは、眠っている少女の傍らに座って熱や身体の様子を見た。

「で、濡れた着物を脱がして薬を飲ませたのだが、何分《なにぶん》にも年端《としは》も行かぬ娘、眼が覚めた時、おりんさんがいた方が安心するだろうと思ってな……」

左近は告げた。

「そうね……」

おりんは苦笑した。

「で、どうかな」

「熱は大分、下がったみたいね……」

「そいつは良かった……」

「それで、何処の娘なのかしら……」

「持っていた古い手紙を見た限りでは、秩父飯能《はんのう》から来たようだな」

「へえ。じゃあ此の娘、秩父飯能から一人で来たの……」

「うん。おそらく大した物も食べずに来たのだろう」

「そして、草臥《くたび》れたところで雨に遭って濡れ、熱が出ましたか……」

おりんは読んだ。

「きっとな。よし、俺は此の娘の濡れた着物を干してくる……」

左近は、眠り続けている少女の濡れた着物を抱え、庭先に出て行った。

おりんは苦笑し、見送った。

「それで、おりんさんがその娘の看病に残り、私が代わりをと思って来ました」

左近は、公事宿『巴屋』主《あるじ》の彦兵衛《ひこべえ》と婆やのお春《はる》に告げた。

「それはそれは、御苦労さまですね」

彦兵衛は頷《うなず》いた。

「いえ……」

「で、その娘は……」

彦兵衛は心配した。

「うん。熱は下がりましたが、何分にも疲れ果てているようでしてね」

「そいつは大変ですね」

「ええ。ですが、おりんさんが看病してくれれば。して、私は何をしますか」

「じゃあ、店先と庭の掃除に薪《まき》割り、それに買い出しのお供をして貰いますか……」

お春に遠慮はなかった。

「心得た……」

左近は頷き、張り切って立ち上がった。


夕暮れ時。

眠り続けていた少女は、漸《ようや》く眼を覚ました。

少女は、真新しい寝間着を着て蒲団に寝ていた自分に戸惑った。そして、半身を起こして辺りを見廻した。

枕元には、薬湯の入った土瓶と湯呑茶碗を載せた盆、水の入った手桶と手拭いなどが油紙の上に置かれ、障子には夕陽が映えていた。

「あのう……」

少女は、怪訝《けげん》な声を掛けた。

隣の居間の襖が開き、おりんが顔を見せた。

「あっ……」

少女は、慌《あわ》てて蒲団を下りて手を突いて頭を下げた。

「あら、何してんの。未《ま》だ寝てなきゃあ駄目よ。さあ……」

おりんは駆け寄り、少女を蒲団に寝かせた。

「は、はい……」

少女は、遠慮がちに蒲団に身を横たえた。

おりんは、少女の額に手を当てた。

「熱は下がったわね」

おりんは微笑んだ。

「そうですか。あの……」

「貴方が波除稲荷の本殿の縁の下で熱を出して気を失っていたのを、此の家の主が見付けたんですよ」

「そうですか。ありがとうございました」

少女は、深々と頭を下げた。

おりんは、薬湯を湯飲みに注いで少女に差し出した。

「さあ、滋養の付く薬ですよ」

「はい。戴《いただ》きます」

少女は、薬湯を飲んだ。

おりんは見守った。

「おりんさん、今、戻った……」

左近の声がした。

「あ、左近さん……」

おりんは、隣の居間に入って来た左近に声を掛けた。

「やあ。気が付いたか……」

左近は少女に気が付き、風呂敷包みを居間に置いて座敷に入って来た。

「ええ、たった今。ええと、名前は……」

おりんは、少女に尋ねた。

「あっ。おゆみです」

少女はおゆみと名乗った。

「おゆみちゃんね」

「はい……」

「おゆみちゃん、此方《こちら》は此の家の主の日暮左近さん、私はおりんですよ」

「日暮左近さまにおりんさま。お助け下さいましてありがとうございます」

おゆみは、左近とおりんに深々と頭を下げて礼を述べた。

「何、礼には及ばぬ。重い病にならずに済んで良かったたな」

左近は笑った。

「はい……」

おゆみは頷いた。

「よし。おりんさん、お春さんが料理を持たせてくれました。先ずは晩飯にしますか……」

左近は、居間に置いた風呂敷包みを示した。

「そうね。じゃあ、仕度をするわ」

おりんは居間に立った。

行燈《あんどん》の灯《あかり》は温かく居間を照らした。

三つの箱膳には、飯と汁、そして様々な総菜《そうざい》が載せられていた。

「さあ。頂きましょう」

「うむ。おゆみ、遠慮は無用だ」

左近は、おゆみに勧めた。

「は、はい……」

おゆみは、箱膳の上の様々な総菜に眼を瞠《みは》った。

「戴きます」

左近とおりんは、飯を食べ始めた。

おゆみは、箸を手にしたまま総菜を見詰めていた。

「あら、どうしたの……」

おりんは戸惑い、箸を止めた。

「こんな御馳走、おっ母さんや弟の正吉《しょうきち》や妹のおたまにも食べさせてやりたいと思って……」

おゆみは涙ぐんだ。

「おゆみちゃん……」

おりんは箸を置いた。

「おゆみ、お前は秩父飯能から江戸に出稼ぎに来ている父親を捜しに来たのか……」

左近は尋ねた。

「はい。おっ母さんが心《しん》の臓《ぞう》の発作で倒れたので……」

おゆみは、哀しげに俯《うつむ》いた。

「おっ母さんが……」

おりんは眉をひそめた。

「で、父親の名前は……」

左近は訊いた。

「お父っつあんの名前は平吉《へいきち》です」

「平吉さんか……」

「はい……」

「で、何処にいるのかな」

「去年の冬に来た手紙には、掘割沿いにあって向かい側に小さな稲荷堂のみえる米問屋に奉公していると……」

「掘割沿いにあって向かい側に小さな稲荷堂の見える米問屋を探したのか」

「はい。でも……」

おゆみは項垂《うなだ》れた。

「見付からないか……」

「はい。で、昨日、八丁堀《はっちょうぼり》沿いを探していたら雨に降られて……」

「濡れたので、波除稲荷の本殿の縁の下で雨宿りをしたのか」

左近は笑った。

「はい……」

おゆみは頷いた。

「掘割沿いにあって、向かい側に小さな稲荷堂の見える米問屋ねえ」

「はい……」

「江戸の町には掘割も小さな稲荷堂も沢山あるからねえ」

おりんは、吐息混じりに告げた。

「そんなに……」

おゆみは戸惑った。

「ええ……」

おりんは頷いた。

「ところでおゆみ、平吉さんはいつ帰ると云っていたのかな……」

「去年の秋に出掛けて、今年の春の種蒔き迄《まで》には帰ると……」

おゆみは、哀しげに項垂れた。

「だが、春には帰らず、秋になっても帰って来ないか……」

左近は眉をひそめた。

「はい。それで、一人で畑をやっていたおっ母さんが倒れて……」

「おゆみがお父っつあんを捜しに江戸にやって来たか……」

「はい。明日から又、捜してみます」

「でも、熱が下がったばかりだし、未だお父っつあんを捜しに行くのはちょっとねえ……」

おりんは眉をひそめた。

「うむ……」

「そうだ。おゆみちゃんは巴屋で養生《ようじょう》をして、左近さんにお父っつあんを捜してもらうってのはどうかしら……」

おりんは、顔を輝かせた。

「そいつが一番かもしれぬな。おゆみ、飯を食べたら、平吉さんの背丈と人相風《ふう》体《てい》、詳しく教えてもらおうか……」

左近は、おゆみの父親平吉捜しを引き受けた。

「は、はい……」

「じゃあ、おゆみちゃん、晩御飯、早く食べなくっちゃあ……」

おりんは、おゆみに晩飯を早く食べるように勧めた。

「はい……」

おゆみは、晩飯を食べ始めた。

「美味しい……」

「そう。良かったわ……」

おりんは微笑んだ。


江戸の町には、掘割と小さな稲荷堂が数多くある。

八丁堀、神田《かんだ》堀、浜町《はまちよう》堀、三十間《さんじつけん》堀、東西の堀留《ほりどめ》川、新堀《しんほり》川、鳥越《とりごえ》川、山谷《さんや》堀、本所《ほんじよ》の南北の割下水《わりげすい》、深川《ふかがわ》の仙台《せんだい》堀……。

そして、小さな稲荷堂は日本橋や神田の町の至る処《ところ》にあった。

おゆみの父親の平吉は、去年の秋に掘割沿いにあって小さな稲荷堂が見える米問屋に半年間の出稼ぎ奉公をした。

おゆみは、汐留《しおどめ》から八丁堀に続く三十間堀と、京橋《きようばし》から江戸湊に続く八丁堀に米問屋を探した。だが、小さな稲荷堂も米問屋もなかったのだ。


左近は、おりんと共におゆみを町駕籠《まちかご》に乗せ、公事宿『巴屋』に伴った。

彦兵衛とお春は、おゆみを優しく迎えた。

左近は、彦兵衛におゆみを頼み、出稼ぎに来た父親の平吉を捜す事を告げた。

「分かりました。平吉さん、早く見付かると良いですね」

彦兵衛は微笑んだ。

「ええ。おゆみが三十間堀と八丁堀沿いを調べたそうですから、先《ま》ずは楓川《もみじがわ》から東西の堀留川沿いを調べてみますよ」

「さあて、楓川沿いの稲荷堂となれば、確か上北八丁堀の丹波《たんば》国綾部《あやべ》藩江戸上屋敷の前にありますが、向かい側の本材木町《ほんざいもくちょう》に米問屋があったかどうか……」

彦兵衛は首を捻った。

「楓川は上北八丁堀の綾部藩江戸上屋敷の前ですか……」

左近は、行って見定める事にした。


江戸橋は日本橋川に架かっている日本橋の東隣にあり、荷船や猪牙舟《ちょきぶね》が行き交っていた。

左近は、江戸橋を渡って楓川沿いの本材木町一丁目から二丁目に進んだ。

楓川の流れの向こう側には、稲荷堂と綾部藩江戸上屋敷があった。

あの稲荷堂の見える楓川沿いの米問屋……。

左近は、楓川沿い本材木町の通りに米問屋を探した。

だが、楓川沿いに米問屋はなかった。

左近は、稲荷堂を見ながら楓川沿いの本材木町二丁目から三丁目の間を往復し、米問屋がないのを見定めた。

よし……。

左近は、江戸橋を渡って東西の堀留川に向かった。

西堀留川は東西に流れ、道浄橋《どうじょうばし》で南北の鉤《かぎ》の手《て》に曲がって日本橋川に続いている。

左近は、西堀留川沿いを北に進み、荒布橋《あらめばし》、中《なか》ノ橋の袂を通り、道浄橋の手前を西に曲がった。

西堀留川は西に進み、雲母橋《きらずばし》を過ぎて日本橋通《どおり》からの浮世小路《うきよこうじ》で堀留になった。

その浮世小路の瀬戸物町《せとものちょう》に小さな稲荷堂があった。

左近は、稲荷堂の前に立って西堀留川の向こう側の伊勢町《いせちょう》に米問屋を探した。

伊勢町に米問屋は見えなかった。

左近は、伊勢町側に廻って西堀留川沿いに米問屋を探した。

米問屋はやはりなかった。

西堀留川沿いにはない……。

左近は見定め、東堀留川に向かった。

東堀留川の両側の町に稲荷堂はなかった。

仮に米問屋があったとしても、稲荷堂がない限りは平吉が出稼ぎ奉公した店ではないのだ。

左近は、東堀留川ではないと見定め、東にある浜町堀に向かった。

浜町堀は神田堀から続き、日本橋通油町《とおりあぶらちょう》から大川《おおかわ》三《み》つ又《また》に流れ込んでいる。

左近は、浜町堀の西側の道を進んだ。

西側には元浜町《もとはまちょう》、富沢町《とみざわちょう》、高砂町《たかさごちょう》、難波町《なにわちょう》の町家《まちや》が連なり、大名旗本《だいみょうはたもと》の屋敷が並ぶ武家地になる。

左近は、浜町堀の西側を進んだ。

富沢町に米問屋はあった。

左近は、米問屋の前に佇んで浜町堀越しに対岸の町家を眺めた。

対岸の町家は橘町《たちばなちょう》一丁目と久松町《ひさまつちょう》だが、稲荷堂はなかった。

米問屋があったとしても、稲荷堂がない限り、違うのだ。

おゆみの父親平吉が出稼ぎ奉公した米問屋は、浜町堀にはない。

左近は見定めた。

次は神田堀……。

左近は、浜町堀沿いの道を神田堀に急いだ。

二

神田堀は外濠鎌倉河岸《そとぼりかまくらがし》から東に流れ、橋本町《はしもとちょう》一丁目で鉤の手に南に曲がり、浜町堀に続いている。

左近は、浜町堀から神田堀沿いに進んだ。

神田堀と亀井町《かめいちょう》の間に稲荷堂があった。

左近は、神田堀沿いに米問屋を探した。

米問屋はなかった。

左近は、稲荷堂の前に佇んで周囲を見廻した。

周囲の何処にも米問屋はなかった。

左近は、吐息を洩らした。

稲荷堂の見える掘割沿いの米問屋は、容易に見付からなかった。

左近は、見詰める人の視線を感じて振り返った。

背後に老舗《しにせ》の仏具《ぶつぐ》屋があり、中年の下男《げなん》が慌てて箒《ほうき》を動かしていた。

見詰めていたのは、仏具屋の中年の下男なのだ。

佇《たたず》んで辺りを見廻している俺を怪しんだのかもしれない……。

左近は苦笑し、中年の下男に近付いた。

「つかぬ事を伺《うかが》うが……」

「は、はい……」

中年の下男は、微かな緊張を過《よぎ》らせた。

「此の界隈《かいわい》に米問屋はないかな……」

「米問屋ですか……」

「うむ……」

「さあ、存じませんが……」

中年の下男は首を捻った。

「そうか……」

左近は頷いた。

「あっ、失礼します」

中年の下男は、経を読みながらやって来た托鉢《たくはつ》坊主に駆け寄った。

左近は、托鉢坊主と言葉を交わす中年の下男を見送り、神田堀沿いを尚も進んだ。そして、橋本町で西に曲がる神田堀沿いの道に向かった。

神田堀沿いの道は、亀井町から小伝馬上町《こでんまかみちょう》、牢屋敷の北側を抜ける。

左近は、今川橋埋立《いまがわばしうめたて》に進んだ。

今川橋埋立には稲荷堂も米問屋もなかった。

左近は、日本橋の通りの今川橋跡に出た。

今川橋跡には多くの人が行き交っていた。

左近は、今川橋跡を横切って神田請負地に進んだ。

此のまま進めば、乞食橋《こじきばし》を抜けて竜閑橋《りゅうかんばし》、外濠の鎌倉《かまくら》河岸に出る。

左近は、そう思って乞食橋に進んだ時、対岸に稲荷堂があるのに気が付いた。
稲荷堂だ……。
左近は、辺りを見廻した。
神田堀沿いに、米問屋が暖簾《のれん》を揺らしていた。
あった……。
稲荷堂の見える掘割沿いの米問屋だ。
左近は、米問屋を眺めた。
米問屋は、大八車が米俵を積んで出入りし、下男が忙しく店先の掃除をしていた。
左近は、米問屋の看板を見た。
米問屋には、『大黒屋』の看板が掲げられていた。
「米問屋大黒屋《だいこくや》……」
左近は、米問屋『大黒屋』に足早に向かった。
「邪魔をする」
左近は、米問屋『大黒屋』の暖簾を潜った。

「いらっしゃいませ」

手代《てだい》は、怪訝な面持ちで左近を迎えた。

「馬喰町の公事宿巴屋の者だが、番頭さんはいるかな……」

左近は、己の素性を明かして番頭に面談を求めた。

「は、はい。少々お待ち下さい」

手代は、帳場の奥に急いだ。

此処《ここ》だ……。

左近は、店内や店先で忙しく働いている奉公人たちを眺めた。

おゆみの父親の平吉は、歳は四十歳、背丈は五尺弱、髪には僅かに白髪が混じり、右の二の腕に若い頃からの火傷《やけど》の痕《あと》……。

左近は、おゆみに聞いた父親平吉の人相風体を思い浮かべ、奉公人たちを見廻した。だが、奉公人たちの中に平吉と思われる者はいなかった。

「あの、お待さま……」

「おう……」

手代が左近を呼んだ。

「お待たせ致しました」

手代は、帳場に出て来た老番頭を示した。

「おお、大黒屋の番頭さんか……」

左近は、帳場の老番頭に近付いた。

「はい。大黒屋番頭の仁兵衛《にへえ》にございます」

「私は公事宿巴屋の日暮左近。つかぬ事を尋ねるが、大黒屋に去年の秋、秩父飯能から出稼ぎに来た平吉と申す奉公人がいる筈《はず》なのだが……」

左近は尋ねた。

「去年の秋、秩父飯能から出稼ぎに来た平吉さんですか……」

「うむ。いる筈なのだが……」

「ちょいとお待ち下さい」

番頭の仁兵衛は、帳場にある奉公人帳簿を捲り始めた。

「ああ。秩父飯能の平吉さん。去年の十月に出稼ぎ奉公の下男として雇っておりますね」

仁兵衛は、帳簿から眼を上げて告げた。

「いるか……」

左近は、安堵を浮かべた。

「はい……」

「で、今何処に……」

「えっ。平吉さんは今年の春先迄働いて国許《くにもと》の秩父飯能に帰りましたよ」

仁兵衛は告げた。

「帰った……」

左近は戸惑った。

「ええ。今年の三月の始めに、半年分の給金を持って……」

仁兵衛は、帳簿を見ながら告げた。

「じゃあ、平吉、今はもう……」

「はい。手前共《ども》の店にはおりませんが……」

仁兵衛は、申し訳なさそうに告げた。

「そうですか……」

左近の戸惑いは、困惑に変わった。

「あの。平吉さんが何か……」

仁兵衛は、左近に怪訝な眼を向けた。

「うむ。去年の秋に出稼ぎに出たまま帰って来ないので、娘が捜しに来てな」

「じゃあ、平吉さん。飯能の家族の許に帰っていないんですか……」

仁兵衛は驚いた。

「うむ。半年の出稼ぎの筈《はず》が、かれこれ一年。女房が心の臓の病で倒れ、十四の娘が捜しに来たのだ」

「それはそれは……」

「うむ。そうか、今年の三月、出稼ぎを終えて飯能に帰ったか……」

「はい……」

仁兵衛は頷いた。

だが、平吉は飯能の家族の許に帰ってはいない。

平吉の身に何かがあった……。

左近は読んだ。

「番頭、平吉さんが此処で働いていた時、親しくしていた人はいないかな」

「は、はい。親しいかどうかは分かりませんが、長年奉公している下男がおります。その者なら何か知っているかもしれません」

仁兵衛は告げた。

「逢わせてもらえぬか……」

左近は頼んだ。

米問屋『大黒屋』は米俵の搬入搬出も終わり、蔵の前は綺麗に掃除がされていた。

番頭の仁兵衛は、左近を蔵の前の縁台に待たせ、老下男の喜助《きすけ》を呼んで来た。

「やあ。喜助さんか……」

左近は笑い掛けた。

「はい。秩父飯能から出稼ぎに来ていた平吉さん、家に帰っていないんですか……」

喜助は、白髪眉《しらが》をひそめた。

「うん。平吉さん、此処での出稼ぎ奉公を終えた時、秩父に帰る前に誰かと逢うとか、何処かに寄るとか、云っていなかったかな」

左近は、喜助に尋ねた。

「さあて、何も聞いちゃあいませんが……」

喜助は首を捻った。

「そうか。して、平吉さん、此処での働きはどうだったのかな」

「そりゃあもう、真面目で何でも一生懸命に働いていましてね。来年も又、出稼ぎに来ると良いと云ったんですよ」

「そうしたら……」

「必ず来ますと云って、帰って行ったんですがね」

「そうか……」

平吉が秩父飯能に帰るには、神田から豊島《としま》、練馬《ねりま》、所沢《ところざわ》、入間《いるま》を抜ける道筋の筈だ。

その帰り道の途中で、平吉の身に何かが起こったのかもしれない。

左近は読んだ。

「あっしは、平吉さんは女房子供に土産《みやげ》を買って、とっくに家に帰ったと思っていたんですがね」

喜助は吐息を洩らした。

「女房子供に土産を買ってか……」

「ええ。神田明神の土産屋で女房子供に土産を買って帰ると云っていましたよ」

喜助は告げた。

「神田明神の土産屋か……」

平吉は、米問屋『大黒屋』の出稼ぎを終え、秩父飯能に帰る前に神田明神の土産屋に寄った。

行ってみるか……。

だが、今年の三月の事だ。半年以上も前の客を土産屋の者が覚えているとは思えない。

左近は迷った。

手掛かりの途切れた今、藁《わら》にも縋《すが》る思いで行ってみるしかない。

左近は、喜助と番頭の仁兵衛に礼を云って米問屋『大黒屋』を後にした。

陽は西の空に赤く沈み始めていた。

後は明日だ……。

左近は、馬喰町の公事宿『巴屋』に帰る事にした。

左近は、公事宿『巴屋』に戻り、下代《げだい》たちの用部屋《ようべや》に入った。

「分かったの、平吉さんが出稼ぎしていた米問屋……」

おりんは眼を輝かせた。

「うん……」

左近は頷いた。

「流石《さすが》は左近さん。で、何処の何て米問屋なの。おゆみちゃんに教えてあげなきゃあ……」

おりんは、腰を浮かした。

「待て、おりんさん。米問屋は見付かったが、平吉さんは今年の三月、出稼ぎを終えて秩父飯能に帰ったそうだ」

「えっ、じゃあ……」

おりんは戸惑った。

「うん。ひょっとしたら平吉の身に何か起きたのかもしれない」

左近は、厳しさを滲《にじ》ませた。

「そんな……」

おりんは眉をひそめた。

「うん。未だ追う手掛かりは、辛《かろ》うじてある。明日、そいつを追ってみるが、おゆみには米問屋は未だ見付からないと……」

「分かったわ」

おりんは、緊張した面持ちで頷いた。

「じゃあ、ちょいと……」

左近は、燭台《しよくだい》に火を灯し、硯《すずり》の墨を磨《す》って手紙を書き始めた。


神田川から船の櫓《ろ》の軋《きし》みが響いていた。

柳原《やなぎわら》通りの柳並木の枝葉は微風に揺れ、月明かりに煌めいていた。

左近は、柳森《やなぎもり》稲荷の前を通り、空き地の奥の葦簀《よしず》張りの飲み屋に入った。

「邪魔をする」

「おう。久し振りだな」

主の嘉平《かへい》が迎えた。

「ああ……」

左近は頷いた。

嘉平は、湯呑茶碗に酒を満たして左近に差し出した。

「下り酒だ……」

「うん……」

左近は、湯呑茶碗の酒を飲んだ。

「で、用は閻魔《えんま》の仙蔵《せんぞう》の事か……」

嘉平は苦笑した。

「閻魔の仙蔵……」

左近は眉をひそめた。

「違うのか……」

嘉平は戸惑った。

「何者だ、閻魔の仙蔵とは……」

「忍び崩れの盗賊だ」

「そんな奴がいるのか……」

「ああ。押込《おしこ》み先の者を情け容赦《ようしゃ》なく殺す外道働《げどうばたら》きの盗賊だ」

「酷《ひど》いな……」

「ああ。で、用は何だい」

「此奴を秩父忍びに届けてもらいたい」

左近は、手紙と一両小判を差し出した。

「お安い御用だ」

嘉平は頷《うなず》き、手紙と一両小判を懐に入れた。

江戸の町には、一両で秩父迄の飛脚を引き受けるはぐれ忍びが大勢いる。

「何をしているんだい」

嘉平は訊いた。

「行方《ゆきがた》知れずの出稼ぎの父っつあんを捜している」

「出稼ぎの父っつあんだと……」

嘉平は眉をひそめた。

「ああ。娘が一人で捜しに来てな……」

「娘が一人か、お前さんらしいな」

嘉平は苦笑した。

「そうか……」

左近は酒を飲んだ。

夜空に呼子笛《よびこぶえ》の音が響いた。

「して、忍び崩れの閻魔の仙蔵、江戸の町を荒らしているのか……」

左近は尋ねた。

「いや。未だだが、見掛けた者がいてな」

「見掛けた者か……」

「ああ。閻魔の仙蔵も、はぐれ忍びには間違いないからな」

嘉平は笑った。

「はぐれ忍びか……」

左近は苦笑した。

呼子笛の音は遠ざかって行った。


神田明神は参拝客で賑わっていた。

左近は、神田川に架かっている昌平橋《しょうへい》を渡り、神田明神門前町に進んだ。

門前町には様々な店が並び、土産物屋もあった。

「邪魔をする……」

左近は、土産物屋を訪れた。

「いらっしゃいませ……」

年増《としま》の女将《おかみ》が左近を迎えた。

「やあ。忙しいところ済まないが、ちょいと訊きたい事があってね」

左近は、素早く小粒《こつぶ》を握らせた。

「あら、何でしょう」

年増の女将は、小粒を握り締めて笑った。

「うん。今年の三月、歳の頃は白髪混じりの四十歳。背丈は五尺弱の旅姿の下男風の男が客として来なかったかな」

左近は尋ねた。

「今年の三月ですか……」

年増の女将は眉をひそめた。

「ああ。半年以上も前の事なのだが……」

「ええ。それに下男風の男といってもねえ」

年増の女将は、戸惑いを浮かべた。

「買った物は、女房と二人の娘と一人の倅《せがれ》の四人分の土産なのだがな」

「おかみさんと二人の娘と倅の土産ねえ……」

「うむ。思い出さぬか……」

「いえ。白髪混じりの四十歳で、背丈が五尺弱で旅姿の下男風の男なんて大勢いますからねえ」

年増の女将は困惑した。

「そうか……」

「何か眼を引くような事でもあればねえ」

年増の女将は、申し訳なさそうに首を捻った。

「眼を引くような事か……」

「ええ。刻《とき》を掛けて土産物を選んで漸く買うと決めた時、財布を掏《す》られてお金がなかったとか。そういえば、あのお客さん、白髪混じりの四十男で旅姿だったな」

年増の女将は苦笑した。

「女将、今の話は本当なのか……」

左近は眉をひそめた。

「ええ……」

年増の女将は頷いた。

「いつ頃の話だ……」

「いつ頃って、今年の冬。いえ、春先だったかしら……」

年増の女将は首を捻った。

「して、その男はどうした……」

「どうしたって、血相《けっそう》を変えて飛び出して行きましたよ」

「血相を変えて……」

「ええ。で、それっきり。掏摸《すり》なんて容易《たやす》く見付かる筈もないし。どうしたんですかね、その旅姿の男の人……」

年増の女将は、店の前を行き交う参拝客を眺めた。

平吉だ……。

土産を買おうとして財布を掏られたのに気が付いた旅姿の男は、出稼ぎを終えて秩父飯能に帰ろうとしていたおゆみの父親の平吉なのだ。

左近の勘が囁いた。


神田明神の境内には、多くの参拝客が行き交っていた。

左近は、参拝客で混雑する境内を眺めた。

おそらく、平吉は土産物屋に行く前に神田明神に参拝し、雑踏の中で、出稼ぎで得た金を掏摸に掏られたのだ。そして、土産物屋で気が付き、境内に駆け戻った。だが、掏摸を見付ける事は出来なかった。

左近は読んだ。

それからどうした……。

左近は、その後の平吉の足取りを読もうとした。

平吉は、懸命に掏摸を探した筈だ。しかし、平吉が掏摸を見付ける事は難しい。仮に見付けたとしても、掏摸は犯行時に捕えない限り、金を取り戻せはしないのだ。

平吉は、それに気が付き、掏られた金を新たに得る手立てを考えたかもしれない。

だが、半年の出稼ぎで得た金を手に入れるのは簡単ではない。

平吉は困り果てた……。

左近がそう読んだ時、大店《おおだな》の旦那風の男に付き纏《まと》う若い男がいるのに気が付いた。

掏摸だ……。

左近は、旦那風の男に付き纏う若い男を掏摸だと睨んだ。

三

大店の旦那風の男は、本殿に参拝して境内を戻った。

背後から来た若い掏摸が、旦那風の男と擦れ違った。

刹那《せつな》、左近が若い掏摸の手首を掴《つか》んだ。

若い掏摸の手には、旦那風の男の財布が握られていた。

「離せ……」

若い掏摸は、険しい眼をして左近の手を振り払おうとした。

「掏摸だ……」

左近は、冷笑を浮かべて若い掏摸の財布を握る手を頭上高く捻《ひね》り上げた。

若い掏摸は、財布を握る手を捻り上げられた激痛に顔を醜く歪めた。

周囲にいた参拝客たちは驚き、見守った。

「あっ、手前の財布にございます」

擦れ違った旦那風の男が、見守る参拝客の背後から慌《あわ》てて戻って来た。

「うむ……」

左近は頷き、若い掏摸から掏った財布を取り上げ、旦那風の男に渡した。

「ありがとうございました」

旦那風の男は、左近に礼を述べた。

「いや……」

左近は、若い掏摸を本殿前から引き立てた。

左近は、若い掏摸を本殿裏に引き立て、突き飛ばした。

若い掏摸は倒れた。

「さ、財布は返したんだ。もう、用はねえだろう」

若い掏摸は不貞腐《ふてくさ》れた。

「いや。用はある……」

左近は、若い掏摸を冷ややかに見据えた。

「な、何ですか……」

若い掏摸は怯え、声を震わせた。

「お前、名は……」

「丈吉《じょうきち》……」

「丈吉か……」

「はい……」

「ならば丈吉、今年の三月、旅姿の下男風の男から金を掏り取らなかったか……」

左近は訊いた。

「今年の三月って。そんな前の事、覚えちゃあいませんぜ」

「そこを思い出してもらう。何としてでもな」

左近は、丈吉の喉仏に指先を当てた。

丈吉は仰け反り、喉仏を震わせた。

「お、お侍……」

丈吉は、嗄《しゃが》れ声を引き攣《つ》らせた。

「今年の三月、旅姿の下男風の男から金を掏ったのは、あっしじゃねえ……」

「お前じゃない……」

「ええ……」

「じゃあ、誰だ……」

「兄貴です。銀次《ぎんじ》の兄貴です」

「銀次の兄貴……」

左近は、丈吉の喉仏から指を離した。

「はい。此処《ここ》や湯島《ゆしま》天神、下谷《したや》広小路を縄張りにしている掏摸の兄貴です」

丈吉は、大きく息を吐いた。

「丈吉、その銀次が今年の三月、此処で旅姿の下男風の男から金を掏ったのを良く知っていたな」

「そりゃあもう。銀次の兄貴が下男の懐から思わぬ大金が出て来たと、大笑いで言い触らしていましてね。何度も聞いた話ですから……」

丈吉は、喉を鳴らした。

「そうか。で、その銀次、今、何処にいる」

左近は、丈吉を厳しく見据えた。

「あの、茶店の縁台に腰掛けている縞《しま》の半纏《はんてん》を着ている人です……」

丈吉は、下谷《したや》広小路の端にある茶店で茶を飲んでいる縞の半纏を着た男を示した。

「奴が銀次か……」

左近は、行き交う人越しに茶店にいる縞の半纏を着た掏摸の銀次を見詰めた。

「はい。お侍さん……」

丈吉は、左近に縋る眼を向けた。

「よし。丈吉、お前の事は忘れる。行け……」

左近は苦笑した。

「はい。御免なすって……」

丈吉は駆け去った。

左近は、茶店で茶を飲みながら行き交う者の中に獲物を捜す銀次を見詰めた。

おゆみの父親の平吉をどん底に突き落とした奴……。

左近は、銀次に向かった。


縞の半纏を着た掏摸の銀次は、行き交う人々を眺めながら茶を啜《すす》った。

左近は、茶店の亭主に茶を頼み、縁台《えんだい》に腰掛けて隣の銀次を見詰めた。

銀次は、怪訝な面持《おもも》ちで左近に会釈をした。

「掏摸の銀次だな」

左近は笑い掛けた。

「えっ……」

銀次は、弾かれたように立ち上がった。

次の瞬間、左近は立ち上がって銀次に身を寄せ、苦無《くない》を突き付けた。

銀次は凍《い》て付いた。

「逃げるな。逃げれば刺す」

左近は囁《ささや》き、苦無を押し付けた。

苦無の鋒《きつさき》が着物を貫き、横腹に当たった。

鋒は冷たく、直ぐに熱くなった。

「だ、旦那……」

銀次は、恐怖に震える眼を左近に向けた。

左近は、銀次の肩を押し、縁台に腰掛けさせた。

左近と銀次のいる茶店の前には、大勢の人が賑《にぎ》やかに行き交った。

「今年の三月、旅姿の下男から思わぬ大金を掏り取ったそうだな」

左近は囁いた。

「は、はい……」

銀次は頷いた。

「その旅姿の下男、それからどうしたのか知っているか……」

「えっ……」

「お前に大金を掏られた旅姿の下男だ」

「し、知らねえ……」

銀次は、嗄《しやが》れ声を震わせた。

「本当か……」

左近は、苦無を突き刺した。

苦無の鋒は、銀次の横腹に浅く刺さった。

「正直に云わなければ殺す」

左近は冷笑した。

「み、見掛けました……」

「いつ、何処で……」

「夏、両国《りょうごく》広小路で見掛けました」

「旅姿の下男に間違いないのか……」

「はい……」

「両国広小路で何をしていた……」

「坊主の長吉《ちょうきち》と一緒に歩いていました」

「坊主の長吉……」

「はい……」

「長吉ってのは何者だ」

「盗人《ぬすっと》です……」

「盗人の坊主の長吉、何処の盗人だ……」

「さあ、そこ迄は知りません」

「ならば、何処にいる」

「それも……」

銀次は、首を横に振った。

「人相風体は……」

「いつもは托鉢坊主の形《なり》をした馬面《うまづら》の中年野郎です」

銀次は、苦しげに息を鳴らして告げた。

「托鉢坊主の形をした馬面の中年野郎……」

左近は眉をひそめた。

「はい……」

銀次は、頷《うなず》いた。

「そうか……」

おゆみの父親の平吉は、出稼ぎで得た金を奪われて途方に暮れた。そして、何とか金を稼ごうと、坊主の長吉たち盗賊一味に身を投じたのかもしれない。

もしそうならば、そう追い込んだのは、眼の前にいる掏摸の銀次なのだ。

「よし。急ぎ医者に行くのだな……」

左近は、銀次の脇腹に浅く刺していた苦無を抜いた。

銀次は、身体の強張《こわば》りを僅かに解いて立ち上がり、足早に行き交う人々の間に入った。

「茶代、置いておく……」

左近は、縁台に茶代を置いて銀次を追った。

銀次は、刺された脇腹を押さえ、僅かによろめきながら雑踏を進んだ。

背後から来た左近が、銀次の傍を足早に抜き去った。

えっ……。

銀次は、抜き去った左近に気が付いた。

次の瞬間、銀次は眼の前が暗くなり、意識を失って倒れた。

周囲にいた人々が驚き、悲鳴を上げた。

掏摸の銀次は息絶えていた。

「盗人の坊主の長吉……」

嘉平は眉をひそめた。

「ああ。托鉢坊主の形をしていて、馬面の中年男だそうだが、知っているかな」

左近は、湯呑茶碗の酒を飲みながら尋ねた。

「さあて。俺は知らねえが、出入りしている連中に訊いてみるか……」

「頼む」

「そいつも、行方知れずの出稼ぎの父親と拘わりがあるのか……」

嘉平は苦笑した。

「うむ。出稼ぎの父親、稼いだ金を掏摸に掏り盗られてな。家族に持って帰る金が欲しさに盗人の長吉と拘《かか》わりを持ったかもしれぬ」

左近は告げた。

「そいつは気の毒な話だな……」

嘉平は、平吉を哀れんだ。

「うむ……」

左近は頷いた。

「そう云えば、今日、下谷広小路で掏摸が不意に倒れて死んだそうだな」

「掏摸がな……」

銀次の事だ。

左近は苦笑した。

「ああ。脇腹に浅い傷があるだけでな。どうして死んだのかは良く分からないらしい」

「そうか……」

「質《たち》の悪い奴だったそうだから、殺されたのに違いねえがな」

嘉平は笑った。

「うむ……」

左近は、銀次を追い越す時、横腹の浅い傷に長い毒針を素早く打ち込んだ感触を思い出した。


江戸湊は月明かりに煌めいた。

鉄砲洲波除稲荷傍の稲荷橋は、亀島《かめじま》川と合流する八丁堀に架かっている。

左近は、波除稲荷傍にある公事宿『巴屋』の寮に帰って来た。

公事宿『巴屋』で養生をしているおゆみに、今迄に分かった父親平吉の動きを報せるのは未だ早い。

左近は、おゆみに逢わずに寮に帰って来た。

報せるのは、父親の平吉自身にさせる方が良いのだ。

左近は、暗い寮の居間に入り、行燈に火を灯そうとした。

行燈の上には、青い天道虫《てんとうむし》が止まっていた。

左近は、行燈に火を灯し、青い天道虫を摘《つ》まんだ。

青い天道虫は作り物であり、秩父忍びの小平太《こへいた》の符牒《ふちょう》でもあった。

「小平太か……」

左近は、隣の暗い座敷を見た。

「暫《しばら》くです……」

隣の座敷の暗がりに小平太が現れた。

「小平太が来てくれたか……」

左近は迎えた。

「はい。秩父飯能の平吉の家族、おかみさんと十歳程の娘と八歳程の倅は、仲良く元気にやっていました……」

小平太は、左近に手紙で依頼された事の一つに答えた。

「そうか……」

「それから、今年の三月から今迄、飯能から江戸迄の道筋で殺された旅人はいなく、盗賊や山賊が現れた事もありません」

小平太は、左近の手紙に書かれていたもう一つの依頼を熟読しながら江戸に出て来て、左近の許に現れたのだ。

「そうか、分かった。礼を云う」

「で、江戸から飯能迄の道筋に殺された旅人も強盗、山賊もいないと、どうなるのですか」

小平太は訊いた。

「行方知れずの平吉と申す男は、未だ江戸にいる事になる……」

左近は、平吉が未だ江戸にいるのを確《しか》と見定めた。

「それで……」

「金欲しさに盗賊の手伝いをしている……」

「盗賊の手伝い。どういう事です」

小平太は眉をひそめた。

「うん……」

左近は、秩父飯能から出稼ぎの父親を捜しに来たおゆみと出逢った時からの事を詳しく小平太に話し始めた。

行燈の火は落ち着き、左近と小平太を静かに照らした。


盗人の坊主の長吉……。

左近は、江戸の裏渡世《うらとせい》を生きている者を辿《たど》り、盗人の長吉を捜した。

しかし、盗人の長吉は容易に見付からなかった。

左近は、柳森稲荷前の嘉平の葦簀張りの店を覗《のぞ》いた。

「おう。来たか……」

主の嘉平は、左近を見て笑った。

「坊主の長吉、何か手掛かりがあったか……」

左近は、嘉平の笑みを読んだ。

「ああ。出入りしているはぐれ忍びが、両国広小路近くの郡代《ぐんだい》屋敷の傍《そば》で見掛けていた」

嘉平は告げた。

「郡代屋敷の傍……」

幕府直轄《ちょっかつ》領を支配する郡代屋敷は浅草《あさくさ》御門の西にあり、近くには初音《はつね》の馬場《ばば》がある。

「うん。長吉、托鉢坊主の形をして郡代屋敷と初音の馬場の間の道を神田堀の方に行ったそうだ」

「神田堀の方……」

左近は眉をひそめた。

「ああ……」

嘉平は頷いた。

「で、坊主の長吉、今、何をしているのだ」

「どうやら、押込みの仕度《したく》らしい……」

嘉平は読んだ。

「押込みの仕度……」

「ああ。坊主の長吉、どうやら閻魔の仙蔵一味に加わったようだ」

嘉平は苦笑した。

閻魔の仙蔵は、忍び崩れの盗賊だ。

「そうか。で、押込みの仕度か……」

左近は、米問屋を探して神田堀界隈を調べ歩いた時、何処かで托鉢坊主を見掛けたのを思い出していた。

盗賊閻魔の仙蔵は、神田堀沿いの何処かに押込みを企てており、一味の坊主の長吉はその仕度をしているのだ。

左近は読んだ。


神田堀の何処だ……。

左近は、神田堀に向かった。

神田堀には、平吉が出稼ぎに来ていた乞食橋の傍の米問屋『大黒屋』があった。

稲荷堂は、その米問屋『大黒屋』の前と亀井町の外れの神田堀沿いにもあった。

稲荷堂と神田堀のある亀井町は、郡代屋敷や初音の馬場に近かった。

そうか……。

左近は、神田堀沿いを亀井町に急いだ。


神田堀が亀井町から南に鉤の手に曲がった先に稲荷堂はあった。

左近は、稲荷堂の前に立って周囲を見廻した。

で、此処に米問屋はなく……。

左近は振り返った。

背後には老舗の仏具屋があり、客が出入りしていた。

あの時、仏具屋の店先では中年の下男が掃除をしており、托鉢坊主が経を読みながらやって来ていた。

托鉢坊主はその時に見掛けていた……。

左近は、想いを巡らせた。

その時の托鉢坊主が盗賊の坊主の長吉だったら、駆け寄った仏具屋の中年の下男は盗賊一味の者なのかもしれない。

仏具屋の下男……。

左近は、仏具屋の中年の下男の人相風体を思い浮かべた。

白髪混じりの頭髪、背丈は五尺程か……。

人相風体は、おゆみの父親の平吉と似ているようだ。

左近は、老舗の仏具屋を眺めた。

仏具屋は、『念珠堂』の看板を掲げた老舗だった。

中年の下男が平吉ならば托鉢坊主は盗賊の長吉であり、盗賊閻魔の仙蔵一味が押し込もうと狙っているのは老舗仏具屋『念珠《ねんじゅ》堂』なのだ。

左近は読んだ。

何《いず》れにしろ、老舗仏具屋『念珠堂』の中年の下男が平吉かどうかだ。

先ずは見定める……。

左近は、老舗仏具屋『念珠堂』出入りの酒屋の手代に聞き込みを掛けた。

「下男の平吉さんですか……」

手代は、左近に怪訝な眼を向けた。

「うむ。中年の下男だ……」

「いいえ。念珠堂の中年の下男は友造《ともぞう》さんって方ですよ」

「友造……」

「ええ。念珠堂に平吉って下男はいませんよ」

「平吉はいない……」

左近は、平吉が友造という偽名を使って下男奉公をしているのを知った。

刻《とき》が過ぎた。

老舗仏具屋『念珠堂』には客が訪れていた。

左近は、物陰から見張り続けた。

中年の下男が箒を手にして裏から現れ、店先の掃除を始めた。

左近は、物陰から出て掃除をする中年の下男に近寄った。

中年の下男は、近付く左近をちらりと見て会釈《えしゃく》をした。

左近は、会釈を小さく返して擦れ違った。

「平吉……」

刹那、左近は中年の下男に声を掛けた。

「はい……」

中年の下男は、反射的に振り返った。

平吉だ……。

左近は見定めた。

中年の下男は、取り繕うように慌てて掃除を続けた。

「秩父飯能の平吉だな……」

「えっ。お侍さま、手前は友造にございます」

中年の下男は、微かに狼狽《うろた》えた。

左近は、中年の下男の右腕を押さえ、袖を捲《まく》り上げた。

二の腕に古い火傷の痕があった。

「おゆみの云っていた火傷の痕か……」

左近は見定めた。

「お、おゆみ……」

平吉は、左近に驚いた眼を向けた。

四

神田堀の傍の稲荷堂には、小さな野花が飾られていた。

平吉は、硬い面持ちで神田堀の流れを見詰めた。

「背丈は五尺弱、白髪混じりの髪、右の二の腕に若い頃からの火傷の痕……」

「お侍さま。おゆみが、おゆみが江戸に来ているんですか……」

平吉は声を震わせた。

「うむ。母親が心の臓の病に倒れ、出稼ぎから戻らない父親の平吉を捜しにな……」

左近は告げた。

「おたみが心の臓の病……」

平吉は呆然とした。

「うむ。で、おゆみは一人で秩父飯能から出て来て、お前の手紙に書いてあった掘割沿いにあって稲荷堂の見える米問屋を探し歩き、雨に濡れて熱を出してな。今、馬喰町の巴屋という公事宿で養生をしている」

「そうでしたか……」

平吉は項垂《うなだ》れた。

「平吉、私はその公事宿巴屋の日暮左近という者だ……」

「日暮左近さま……」

「うむ、此《こ》れから私と巴屋に行き、おゆみに達者な顔を見せてやるのだ」

左近は勧めた。

「日暮さま、手前もおゆみに逢いたい。ですが、ですが、今は念珠堂から出る事は出来ないのです」

平吉は、苦しく顔を歪《ゆが》めた。

「平吉、それは、盗賊の坊主の長吉と拘わりがあるのだな……」

左近は問い質した。

「日暮さま、私は馬鹿でした。纏まった金が欲しい一心で長吉の言いなりになり、今、裏切れば女房子供もどうなるか。身から出た錆《さび》なんです」

平吉は悔やんだ。

「友造。何処ですか、友造……」

仏具屋『念珠堂』から友造を呼ぶ声がした。

「日暮さま、おゆみに、私の事は忘れろと……」

平吉は、必死の面持ちで告げて仏具屋『念珠堂』に走った。

「平吉……」

左近は、仏具屋『念珠堂』に駆け込んで行く平吉を見送った。

神田堀の流れは煌めき、稲荷堂に供えられた小さな野花は微風に揺れた。

左近は、鉄砲洲波除稲荷傍の寮から小平太を呼んで平吉と仏具屋『念珠堂』を見張らせ、公事宿『巴屋』に戻った。

仏具屋『念珠堂』のある亀井町は、公事宿『巴屋』のある馬喰町に近かった。

「あっ。左近さま……」

体調の良くなったおゆみは、公事宿『巴屋』でおりんやお春の手伝いをしていた。

「やあ。随分と良くなったようだな」

「はい。お陰さまで……」

おゆみは笑った。

「それで、私やお春さんの手伝いをしてくれているんですよ」

おりんは告げた。

「それで左近さま、お父っつあんは……」

おゆみは、左近に期待の眼を向けた。

「見付かったよ」

左近は告げた。

「見付かった……」

おりんは思わず声を上げた。

「お父っつあん、見付かったんですか……」

おゆみは眼を輝かせた。

「うむ……」

「何処です。お父っつあん、何処にいるんですか……」

おゆみは、左近に必死に縋る眼を向けた。

「おゆみ、落ち着いて聞いてくれ」

左近は、おゆみに向かった。

「平吉は達者にしている。そして、お前に逢い、一刻も早く飯能のおっ母さんや子供たちの処に帰りたいと思っている」

「じゃあ……」

「だが、今、お父っつあんは、ある盗賊に拘わってしまい、江戸から出られなくなっているのだ」

左近は告げた。

「ある盗賊……」

おゆみは言葉を失った。

「左近さん……」

おりんは眉をひそめた。

「うむ……」

「左近さん、お父っつあんは、お父っつあんはどうして盗賊なんかと……」

おゆみは涙声で尋ねた。

「おゆみ、お父っつあんの平吉は、今年の三月、出稼ぎを終え、貰った給金を懐にして秩父飯能に帰ろうとした。で、皆の土産を買いに神田明神に寄り、掏摸に有《あ》り金《がね》を掏られてしまったのだ……」

左近は告げた。

「掏摸に遭ったの……」

おりんは驚いた。

「それで、それでお父っつあんは……」

「おっ母さんやおゆみたち子供の処に帰る為、纏まった金が欲しくてな……」

左近は告げた。

「そんな……」

おゆみは泣き出した。

「心配するな、おゆみ。平吉は未だ盗賊になった訳ではない」

「左近さま、助けて下さい。お父っつあんを助けて下さい……」

おゆみは、泣きながら左近に縋った。

「うむ。平吉と盗賊の拘わり、俺が必ず断ち斬ってやる……」

左近は、怒りを込めて云い放った。

小平太は、仏具屋『念珠堂』の斜向《はすむ》かいにある大店の屋根の上に潜んで見張ることにした。

経が聞こえた。

小平太は、両国広小路から来る托鉢坊主に気が付いた。

盗賊の坊主の長吉か……。

小平太は見守った。

托鉢坊主は、経を読みながら仏具屋『念珠堂』に近付いた。

仏具屋『念珠堂』の裏手から下男の平吉が現れ、托鉢坊主と言葉を交わしながらお布施《ふせ》と結び文を渡した。

繋《つな》ぎを取った……。

小平太は見届けた。

托鉢坊主は、平吉に頭を下げて通り過ぎて行った。

平吉は、辺りを見廻して仏具屋『念珠堂』の裏手に戻って行った。

托鉢坊主は、やはり盗賊の坊主の長吉なのだ。

小平太は見定め、大店の屋根から跳び下りた。

托鉢坊主の長吉は、通りを迂回《うかい》して両国広小路に進んだ。

小平太は、笠を目深《まぶか》に被って両国広小路の雑踏を行く長吉を尾行《つけ》た。

坊主の長吉が現れたら、行き先を突き止める……。

それが、左近に命じられた事だった。

小平太は、慎重に坊主の長吉を尾行た。

坊主の長吉は、雑踏を抜けて両国橋に進んだ。


大川に架かっている両国橋は両国と本所《ほんじょ》を結び、大勢の人が渡っていた。

坊主の長吉は、両国橋を渡って本所竪川《たてかわ》に架かる一《ひと》つ目之橋《めのはし》の袂《たもと》、相生町《あいおいちょう》一丁目に進んだ。そして、相生町一丁目の商人宿の前に佇み、辺りを窺《うかが》って素早く入った。

小平太は見届けた。

坊主の長吉の入った商人宿は、盗賊閻魔の仙蔵一味の盗人宿《やど》なのか……。

小平太は、左近に使いを走らせて商人宿を調べる事にした。

『本所竪川一つ目之橋の袂の商人宿……』

本所相生町の木戸番の持って来た結び文には、小平太の字でそう書かれていた。

左近は、本所相生町の商人宿に急いだ。

本所竪川には荷船が行き交っていた。

小平太は、竪川に架かっている一つ目之橋の南詰から北側の相生町にある商人宿を見張っていた。

商人宿には『松葉屋』の暖簾が揺れているだけで、客の出入りはなかった。

小平太は、竪川越しに見張った。

「あの、松葉屋《まつば》か……」

左近が、小平太の背後に現れた。

「ええ……」

小平太は頷いた。

「どんな商人宿だ」

「主は吉五郎《きちごろう》。五年前に潰《つぶ》れた旅籠《はたご》を居抜きで買い取ったそうでしてね。吉五郎の女房と飯炊きの老夫婦。それに手代が二人で切り盛りしているようです」

小平太は、商人宿『松葉屋』について聞き込みを掛けていた。

「客は……」

「今は托鉢坊主の長吉と行商の薬屋の二人です」

「ならば、男は飯炊きの年寄りと二人の客を入れて六人か……」

左近は、客の二人も盗賊一味だと読んだ。

「そうなりますか……」

「して、その中に忍び崩れの盗賊、閻魔の仙蔵はいるのか……」

「そいつが、仙蔵らしい者は……」

小平太は首を捻った。

「いないか……」

「はい。未だ現れていないのかもしれません」

小平太は読んだ。

「うむ……」

「で、どうします」

小平太は、左近の出方を窺った。

「所詮は外道働きの盗賊。行く末に禍根《かこん》を残さぬ為には、一味の者共を皆殺しにするしかあるまい……」

左近は云い放った。

「皆殺し……」

小平太は眉をひそめた。

「うむ。此れから先、平吉やおゆみたちに累《るい》を及ぼさせぬ為にもな……」

左近は、冷徹に告げた。

「ならば、長吉や吉五郎を人質に取って閻魔の仙蔵、誘《おび》き出しますか……」

「いや。忍び崩れの閻魔の仙蔵だ。手下を助けようなどという仏心は持ち合わせてはいないだろう……」

「じゃあ、どうします」

「坊主の長吉に案内させる迄だ……」

左近は、不敵な笑みを浮かべた。

陽は西に大きく傾き、竪川の流れに煌めきを放ち始めた。

商人宿『松葉屋』は夕陽に覆われた。

「邪魔をする……」

小平太は、夕陽の差し込む商人宿『松葉屋』の土間に入った。

「はい……」

手代が一人、奥から帳場に出て来た。

「泊めてもらいたいのだが……」

小平太は告げた。

「お侍さん、申し訳ありませんが、今夜は貸し切りでして……」

手代は、微《かす》かな嘲《あざけ》りを過《よぎ》らせた。

「盗賊閻魔の仙蔵一味の貸し切りか……」

小平太は苦笑した。

「えっ……」

手代は戸惑い、狼狽《うろた》えた。

刹那《せつな》、小平太は手代に襲い掛かって殴り飛ばした。

手代は、板壁に飛ばされて気を失い、前のめりに倒れた。

小平太は、土間から帳場に上がった。

「どうした……」

残る手代と行商の薬売りが奥から現れ、小平太と気を失っている手代に気が付き、慌てて匕首《あいくち》を抜き放った。

「手前《てめえ》……」

残る手代は、小平太に匕首を構えて猛然と突き掛かった。
小平太は、手裏剣《しゅりけん》を放った。
手裏剣は、残る手代の喉元に突き刺さった。
残る手代は、眼を瞠《みは》って凍《い》て付き、斃《たお》れた。
薬売りは驚き、慌てて身を翻した。
小平太は土間を蹴って跳び、薬売りの背を鋭く蹴り飛ばした。
薬売りは、居間に前のめりに倒れ込んだ。
商人宿『松葉屋』主の吉五郎と坊主の長吉は、長脇差《ながドス》を抜いた。
小平太は、居間に踏み込んだ。
「野郎……」
薬売りは必死に体勢を整え、匕首を構えて小平太に突き掛かった。
小平太は、身体を僅《わず》かに開いて躱《かわ》し、薬売りの盆《ぼん》の窪《くぼ》に苦無を叩き込んだ。
薬売りは、押し潰されたような声をあげて斃れた。
「手前、何処の者だ……」
吉五郎は、怒りと怯えに嗄れ声を震わせた。

「頭の閻魔の仙蔵は何処にいる」

小平太は訊いた。

「煩《うるせ》え……」

吉五郎は、小平太に斬り掛かった。

小平太は、吉五郎の長脇差を躱して苦無を放った。

苦無は、吉五郎の胸に突き刺さった。

坊主の長吉は、顔を恐怖に引き攣《つ》らせて身を翻し、逃げた。

吉五郎は斃れた。

小平太は、息絶えた吉五郎を冷ややかに見下ろした。


坊主の長吉は、商人宿『松葉屋』の裏口から飛び出し、竪川沿いの道を東に走った。

左近が現れ、連なる町家の屋根を走って坊主の長吉を追った。


本所竪川は、横川《よこかわ》と交差して尚も続く。

坊主の長吉は、横川が竪川と交差する処に架かっている北辻橋《きたつじ》を渡り、走った。

そして、四つ目之橋の袂を四ツ目通りに曲がった。
左近は追った。
坊主の長吉は、四ツ目通りを走り、柳島《やなぎしま》村にある小さな古寺の山門に駆け込んだ。
此処か……。
左近は見届けた。
此処に忍び崩れの盗賊、閻魔の仙蔵が潜んでいるのかもしれない。
左近は、小さな古寺の山門を潜った。

小さな古寺は静寂に覆われていた。
閻魔の仙蔵は潜んでいるのか……。
左近は、殺気を鋭く放った。
古寺の本堂の格子戸が、軋みを鳴らして開いた。
左近は身構えた。
中年の坊主が本堂から現れ、階《きざはし》に立って左近を厳しく見下ろした。
「忍び崩れの盗賊、閻魔の仙蔵だな……」

左近は見定めようとした。

「おのれは……」

仙蔵は、左近に怒りの眼を向けた。

「日暮左近……」

左近は名乗った。

「日暮左近だと……」

「うむ。外道の分際《ぶんざい》で坊主に化けるとはな……」

左近は、呆《あき》れたように苦笑した。

「黙れ……」

仙蔵は怒鳴った。

刹那、坊主の長吉が現れ、猛然と左近に斬り掛かった。

左近は、無明刀を抜き打ちに一閃した。

坊主の長吉は胸元を斬られ、血を飛ばして前のめりに倒れた。

「長吉、此れ迄だ……」

左近は、倒れた坊主の長吉に止《とど》めを刺した。

長吉は、眼を剥《む》いて絶命した。

平吉との繫《つな》がりは断ち斬った。

左近は、微かな安堵を浮かべた。

「おのれ……」

仙蔵は、怒りを露《あら》わにした。

「松葉屋の吉五郎たちは既に始末した。覚悟をするのだな」

左近は云い放った。

「黙れ……」

仙蔵は、墨染《すみぞめ》の衣《ころも》を脱ぎ棄て忍び装束になり、手裏剣を次々と左近に放った。

左近は、大きく跳び退いて躱《かわ》した。

仙蔵は、階から跳び下りて忍び刀を抜いた。

左近は、無明刀《むみようとう》を頭上高く構えた。

天衣無縫《てんいむほう》の構えだ。

隙《すき》だらけだ……。

仙蔵は、忍び刀を構えて左近に走った。

左近は、無明刀を頭上に構えたまま動かなかった。

「死ね……」

仙蔵は、忍び刀で斬り掛かった。

刃風が鳴った。

剣は瞬速……。

無明斬刃《むみょうざんじん》……。

刹那、左近は無明刀を鋭く斬り下げた。

煌めきが交錯《こうさく》した。

左近は、残心《ざんしん》の構えを取った。

仙蔵は、額《ひたい》から血を流して崩れるように斃れた。

左近は残心の構えを解き、絶命した閻魔の仙蔵を見下ろした。

此《こ》れでおゆみの父親平吉は、盗賊一味の軛《くびき》から逃れる事が出来る。

左近は薄く笑った。


盗賊、閻魔の仙蔵一味は、左近と小平太によって闇に葬られた。

左近は、事の次第を彦兵衛に報せた。

「そうですか、良く分かりました。後は私が引き受けましょう」

彦兵衛は、胸を叩いて微笑んだ。

彦兵衛は、仏具屋『念珠堂』を訪れ、番頭に下男の友造に暇を出してくれと頼んだ。

番頭は戸惑った。

彦兵衛は、友造の女房が病で倒れ、娘が江戸に捜しに来ている事を告げた。

「それは気の毒に……」

番頭は、友造を哀れんで彦兵衛の頼みを聞いてくれた。

「御面倒をお掛け致します……」

彦兵衛は、頭を下げて礼を述べた。


彦兵衛は、平吉を公事宿『巴屋』に伴った。

「お父っつあん……」

おゆみは、平吉を見て泣いた。

「おゆみ、心配かけて済まなかった……」

平吉は、おゆみに泣きながら謝った。

「彦兵衛の旦那……」

左近は、彦兵衛に頭を下げた。

「礼には及びませんよ。念珠堂の番頭さんも快《こころよ》く暇をくれましてね。給金の他に餞別《せんべつ》もくれましたよ」

彦兵衛は笑った。

「そいつは良かった……」

左近は安堵した。


平吉とおゆみ父娘は、秩父飯能に帰る事になった。

彦兵衛は、おゆみに『巴屋』を手伝ってくれた給金と餞別を渡した。

おゆみと平吉は、左近、彦兵衛、おりん、お春たちに深々と頭を下げて礼を述べ、出立《しゅったつ》した。

左近は、小平太に礼金を渡し、平吉おゆみ父娘を秩父飯能迄秘かに見守るように頼んだ。

小平太は笑顔で頷き、平吉おゆみ父娘の陰供《かげとも》を引き受けた。

左近とおりんは、平吉と共に旅立って行くおゆみを見送った。

おゆみは何度も振り返り、何度も手を振って去って行った。

「平吉さん、今度はちゃんと帰れるでしょうね」

おりんは心配した。

「ああ。おゆみも一緒だし、今度は大丈夫だろう」

左近は微笑んだ。

第二章　甲賀《こうが》忍び

一

提灯《ちょうちん》は淡路《あわじ》坂に落ち、火影を揺らした。

下男は恐怖に顔を歪《ゆが》め、腰を抜かしたまま必死に後退《あとずさ》りをした。

総髪の侍は、初老の武士に刀を突き付けて冷笑を浮かべた。

「お、おのれ、何者だ……」

初老の武士は、刀の柄を握り締めて声を震わせた。

「閻魔の仙蔵……」

総髪の侍は名乗った。

「閻魔の仙蔵、儂《わし》を目付《めつけ》の高原主水《たかはらもんど》と知っての狼藉《ろうぜき》か……」

「勿論《もちろん》だ。死ね……」

閻魔の仙蔵と名乗った総髪の侍は、初老の武士高原主水に刀を一閃した。

高原主水は、刀を抜く間もなく袈裟懸《けさが》けの一刀を浴び、大きく仰《の》け反《ぞ》った。

下男は、悲鳴を上げて淡路坂を転げた。

提灯は火を噴《ふ》き、大きく燃えあがった。


日本橋馬喰町の公事宿『巴屋』では、主の彦兵衛や下代の房吉《ふさきち》が依頼人と共に役所から戻り、一段落していた。

「邪魔をする」

左近は、公事宿『巴屋』の暖簾を潜った。

「あっ、左近さん。叔父さんと房吉さんが待っているわよ」

おりんが迎えた。

「彦兵衛の旦那と房吉さんが……」

「ええ。叔父さんの仕事部屋ですよ」

「そうか……」

左近は、彦兵衛の仕事部屋に向かった。

「何か……」

左近は、彦兵衛と房吉と向かい合った。

「ええ。今日、役所で妙な噂を聞きましてね」

彦兵衛は話し始めた。

「妙な噂……」

「ええ……」

「どのような……」

「昨夜、目付の高原主水さまがお屋敷近くの淡路坂で斬り殺されたそうでしてね」

彦兵衛は告げた。

「目付の高原主水……」

「ええ……」

「して、斬った者は分かっているのですか……」

「はい。逃げた下男の話では、斬った者は閻魔の仙蔵と名乗ったとか……」

「閻魔の仙蔵……」

左近は眉をひそめた。

「ええ。以前、左近さんが斬り棄《す》てた盗賊と同じ名前と二つ名ですよ」

彦兵衛は、左近に厳しい眼差《まなざ》しを向けた。

「ええ。閻魔の仙蔵。忍び崩れの盗賊で仏具屋念珠堂に押し込もうと企《くわだ》て、私が斬り棄てた男です」

左近は告げた。

「じゃあ、同名の別人ですか……」

房吉は眉をひそめた。

「おそらくそうでしょうが、二つ名迄同じとなると……」

左近は、想いを巡らせた。

「左近さんが斬り棄てた閻魔の仙蔵と知り合いなのかもしれませんね」

彦兵衛は読んだ。

「ええ。もしそうだとしたら、何故に知り合いの名を名乗ったのか……」

左近は首を捻った。

「閻魔の仙蔵を捜しているが、その消息が容易に摑めないので名乗り、本人からの繋ぎをまっているのかも……」

房吉は読んだ。

「成《な》る程《ほど》……」

彦兵衛は頷いた。

「それとも、閻魔の仙蔵の名を遣い、斬り棄てた私が怪訝に思って現れるのを待っているのかもしれない……」

左近は読んだ。

「ええ。で、目付の高原主水さま、何故に閻魔の仙蔵に斬り棄てられたのか……」

彦兵衛は首を捻った。

「目付の高原さま、何者かに恨みを買っての事なのか。それとも今、何かを探索していての事なのか……」

房吉は告げた。

「うん。目付は旗本御家人《はたもとごけにん》を支配監察するのが役目。おそらく旗本御家人が拘《かか》わっている件でしょう」

左近は睨《にら》んだ。

「じゃあ、目付の高原主水さまの旗本御家人が絡む件の探索を止めさせる為の刺《し》客《かく》が、閻魔の仙蔵を名乗ったという事ですか……」

彦兵衛は、小さな笑みを浮かべた。

「ま、そういったところですか……」

左近は頷いた。

「で、どうします……」

彦兵衛と房吉は、左近の出方を窺った。

「何故、閻魔の仙蔵の名を使ったのか気になります」

左近は苦笑した。

「分かりました。じゃあ、閻魔の仙蔵の名を使った者を追って下さい。私と房吉は目付の高原主水さまが何を探索していたか、調べてみますよ」

彦兵衛は告げた。

「分かりました」

左近は頷いた。

斬り棄てた閻魔の仙蔵を名乗る者が現れ、目付の高原主水を斬殺した。

再び現れた閻魔の仙蔵とは何者なのだ……。

左近は、馬喰町の公事宿『巴屋』を出て柳原の通りに向かった。

柳原通りは、神田川に沿って神田八つ小路と両国広小路を結んでいる。

左近は、柳原通りに出て神田八つ小路に向かって進み、和泉《いずみ》橋の袂を通って柳森稲荷に入った。

柳森稲荷の鳥居前の空き地には、古道具屋、古着屋、七味唐辛子売りが並び、奥に屋台に葦簀《よしず》を張った飲み屋があった。

「邪魔をする……」

左近は、葦簀張りの飲み屋に入った。

「おう……」

主の嘉平は、左近を笑顔で迎えた。

「酒を貰おう……」

「うん。丁度良いのがある……」

嘉平は、下り酒を湯呑茶碗に満たして左近に出した。

「うむ……」

左近は、下り酒を飲んだ。

「で、何だい……」

嘉平は、左近に笑顔を向けた。

「閻魔の仙蔵の噂、何か聞いているか……」

左近は、嘉平を見詰めた。

「盗賊働きを企てて斬り殺されたと聞いていたが、又現れたそうだな」

嘉平は苦笑した。

「やはり知っていたか。で、誰に聞いたのだ……」

「さあて、昨夜遅くに来たはぐれ忍びに聞いたのかな……」

「昨夜遅くに来たはぐれ忍びか……」

昨夜遅くとなると、閻魔の仙蔵が目付を斬殺した直後と云える。

ならば、斬った本人か、一緒にいた筈の者なのかもしれない。

「そのはぐれ忍びに逢えるかな……」

左近は訊いた。

「さあて、偶《たま》に顔を見せる奴だから、そいつはどうかな……」

嘉平は首を捻った。

「そうか。ならば訊《き》くが、閻魔の仙蔵、本名は何と云うのか知っているか……」

「確か、如月《きさらぎ》仙蔵だと聞いた覚えがあるな」

「何処の抜《ぬ》け忍《にん》だ……」

「甲賀《こうが》だ……」

「盗賊閻魔の仙蔵は、甲賀の抜け忍、如月仙蔵か……」

「ああ……」

嘉平は頷いた。

「そうか……」

左近は、湯呑茶碗の下り酒を飲み干した。

「邪魔したな……」

左近は、嘉平に笑い掛けて葦簀張りの飲み屋を出た。

「気を付けてな……」

嘉平は、声を掛けて見送った。


左近は、柳森稲荷から柳原通りに出て左右を見廻した。

柳原通りには人が行き交い、柳並木は枝葉を微風に揺らしていた。

見詰める視線は続いている……。

左近は、嘉平の店を出た時に何者かの見詰める視線を感じた。そして、視線は今も続いている。

古着屋、古道具屋、七味唐辛子売りにいた客の誰かが見張っているのかもしれない。

気を付けてな……。

左近は、嘉平の言葉を思い出した。

滅多《めった》に云わない言葉だった。

よし……。

左近は、柳原通りを神田八つ小路に向かった。

何者かの視線は、消える事もなく見詰め続けている。

左近は、神田川に架かっている昌平橋を渡り、明神下《みょうじんした》の通りを不忍池《しのばずのいけ》に進んだ。

見詰める視線は続いた。

左近は、それとなく背後を窺い、視線の主を探した。しかし、視線の主は見付からなかった。

忍びの者か……。

左近の勘は囁いた。

不忍池は煌めいていた。

左近は、不忍池の畔《ほとり》を進んだ。

何者かの視線は、変わらずに付いて来ている。

左近は、不忍池の畔にある小さな古い茶店の縁台に腰掛けて老亭主に茶を注文し、背後や周囲を見廻した。

視線の主は尾行《つけ》て来ている筈だ……。

だが、背後や周囲にそれらしい奴はいなく、行き交う人々にも不審な者はいなかった。

「お待たせしました……」

老亭主が茶を持って来た。

「うん……」

左近は茶を啜った。

雑木林から小鳥が飛び立った。

「亭主、厠《かわや》を借りたいのだが……」

左近は、縁台から立ち上がった。

「へい。裏にあります」

「うむ……」

左近は、茶店の中を裏に進んだ。


茶店の裏口を出た横手に厠はあった。

左近は、勝手口から出て来て茶店の屋根に素早く跳んだ。そして、屋根の上を店先の方に進んだ。

店先の屋根に忍んだ左近は、己の気配を消して畔の道や雑木林を見張った。

僅かな刻が過ぎた。

雑木林から職人姿の若い男が現れ、茶店の中を窺《うかが》った。

視線の主の忍び……。

左近は見定め、職人姿の若い男を見守った。

若い男は、店先の掃除を始めた茶店の老亭主に駆け寄り、何事かを尋ねた。

老亭主は、掃除の手を止めて裏を指差した。

若い男は、茶店の裏に走った。

左近は、屋根の上を裏に進んで厠を見下ろした。

職人姿の若い男は、厠に左近がいないのを見定め、慌てて茶店の表に駆け戻った。

左近は苦笑した。

職人風の若い男は、茶店の老亭主に声を掛けて不忍池の畔を見廻した。そして、下谷広小路に向かった。

左近は、茶店の屋根から横に跳び下り、店先に廻った。

老亭主は、戸惑いを浮かべた。

「亭主、笠を貰うぞ」

左近は、店先の笠を取って金を払った。

「へ、へい……」

老亭主は、戸惑いながらも金を受け取った。

左近は、買った笠を目深に被りながら職人風の若い男を追った。

下谷広小路は賑わっていた。

職人風の若い男は、行き交う人々の間を巧みに抜けて下谷広小路を横切り、山下に向かった。

身のこなしは忍びに相違ない……。

何故、俺を尾行《つけ》たのか……。

再び現れた閻魔の仙蔵と拘わりがあるのか……。

左近は、想いを巡らせながら職人風の若い男を尾行た。


職人風の若い男は、山下から奥州《おうしゅう》街道表道に進んだ。

左近は尾行た。

此のまま進めば、下谷坂本町《さかもとちょう》、金杉町《かなすぎちょう》、三ノ輪町《みわちょう》と続き、奥州・日光《にっこう》街道の千住《せんじゅ》の宿になる。

千住の宿からは江戸の朱引《しゅびき》の外になり、町奉行所の支配は及ばない。

職人風の若い男は、三ノ輪町から山谷堀沿いの日本堤《にほんづつみ》に曲がり、大きな武家屋敷の裏門を潜った。

左近は、大きな武家屋敷の裏門に走り、隙間から中を覗いた。

職人風の若い男は、土塀沿いに連なる中間《ちゅうげん》長屋に入って行った。

左近は見届け、大きな武家屋敷の表門に廻った。

大きな武家屋敷は、おそらく大名家の江戸下屋敷だ。

左近は睨み、通りかかった土地の者に何処の屋敷か尋ねた。

大きな武家屋敷は、陸奥《むつ》国高島《たかしま》藩江戸下《しも》屋敷だった。

職人風の若い男は、高島藩江戸下屋敷の者なのか、それとも伝手《つて》を頼って潜り込んでいるのか……。

職人風の若い男が再び現れた閻魔の仙蔵と拘わりがあるなら、左近を尾行るのは命を狙っての事と思われる。そして、高島藩江戸下屋敷には、再び現れた閻魔の仙蔵が潜んでいるのかもしれない。

潜んでいるとしたら何者なのか……。

左近は、高島藩江戸下屋敷を窺った。

高島藩江戸下屋敷は静寂に満ちていた。


公事宿『巴屋』主の彦兵衛と下代の房吉は、再び現れた閻魔の仙蔵に斬殺された目付の高原主水の身辺や評判を調べた。

目付の高原主水は、小普請組《こぶしんぐみ》の旗本御家人の一部の者たちが徒党《ととう》を組んで強請《ゆすり》集《たか》りを働いているのを探っていた。そして、既に数人の旗本御家人の悪事を暴き、当人を罰し、家禄を没収して家を潰していた。

「かなり厳しいお目付だったようだな」

彦兵衛は眉をひそめた。

「ええ。ですが今時、珍しい真っ当なお侍ですよ」

房吉は、高原主水の人柄を誉めた。

「うん。で、脛《すね》に傷を持つ旗本御家人に恐れられ、命を狙われたか……」

彦兵衛は読んだ。

「きっと……」

房吉は頷いた。

「で、そいつが閻魔の仙蔵を刺客に雇い、闇討ちさせたか……」

「ええ。違いますかね」

「だとしたら、閻魔の仙蔵を刺客に雇った旗本が誰かだな」

「はい。高原さまに密かに調べられていた者か、既に悪事の尻尾《しっぽ》を握られて焦った者ですか……」

房吉は読んだ。

「よし。その辺を探ってみるか……」

彦兵衛は笑った。

「はい……」

房吉は頷いた。


高島藩江戸下屋敷は夕陽に照らされた。

左近が見張りに就いてから、高島藩江戸下屋敷に出入りする者はいなかった。

左近は、高島藩江戸下屋敷を見張り続けた。

江戸下屋敷には、藩主一色頼信《いっしきよりのぶ》の叔父である隠居の一色白翁《はくおう》が暮らしていた。

そして、下屋敷留守番頭《るすばんがしら》の吉崎監物《よしざきけんもつ》と十五人程の家来と奉公人たちがいる。

左近は、下屋敷出入りの商人たちに訊き込んだ事を思い返した。

職人風の若い男は、家来か奉公人の一人に違いない。

左近は睨んだ。

刻が過ぎた。

夕陽は沈み、高島藩江戸下屋敷は夕暮れに覆われていく。

左近は、忍び込む夜を待った。

夕暮れは音もなく深まり、夜の闇の底に落ちて行く。

左近は待った。

二

近江国高島藩五万石の江戸下屋敷は、夜の闇に覆われて眠りに沈んだ。

左近は、忍び姿となって高島藩江戸下屋敷を窺った。

高島藩江戸下屋敷には、忍びの者の結界《けっかい》が張られていなかった。

左近は、高島藩江戸下屋敷の裏門の中間長屋の屋根に跳んだ。そして、下屋敷内の様子を窺った。

宿直《とのい》の家来は、表門脇の番士《ばんし》所に詰め、半刻《はんとき》（一時間）毎に見廻りをするだけだった。

家来たちの警戒は緩《ゆる》い……。

左近は見定め、殺気を鋭く放ち、隣の土蔵の屋根に跳んだ。

昼間、左近を尾行た職人風の若い男が睨み通り忍びの者ならば、何らかの反応を見せる筈だ。

左近は、土蔵の屋根の闇に忍び、己れの気配を消して待った。

中間長屋の屋根の闇が微かに揺れた。

現れた……。

左近は、揺れた闇を見詰めた。

揺れた闇から忍びの者が現れた。

職人風の若い男だ。

左近は、身のこなしから忍びの者が職人風の若い男だと見定めた。

職人風の若い男は、中間長屋の屋根の上の闇を窺い、不審がないと見定めて身を翻した。

左近は、土蔵の屋根の上から見守った。

職人風の若い男は、中間長屋の屋根から跳び下り、内塀沿いに奥に走った。

左近は、土蔵の屋根から跳び下りて職人風の若い男を追った。

下屋敷の奥に二棟の重臣《じゅうしん》屋敷があった。

職人風の若い男は、手前の重臣屋敷に入って行った。

左近は見届けた。

幾つかの龕灯《がんどう》の明かりが浮かび、表門の方からやって来た。

番士たちの見廻りだ。
此《こ》れ迄《まで》だ……。
左近は、騒ぎを起こさず退く事に決め、裏門の中間長屋に走った。
左近は、中間長屋の横の暗がりに忍んだ。
見廻りの番士たちは、辺りを龕灯で照らしながら通り過ぎて行った。
左近は見送り、中間長屋に連なる暗い家々の様子を窺った。
中間長屋の連なる家々からは、眠る中間小者《こもの》たちの様々な鼾《いびき》や寝息が洩《も》れて来た。
奥の家の腰高障子《こしだかしょうじ》が開いた。
左近は、暗がりに潜んだ。
開いた腰高障子から中年の下男が、寝惚《ねぼ》け眼《まなこ》で出て来て厠に向かった。
よし……。
左近は、暗がりを出て中年の下男を追った。
中年の下男は、小便を終えて厠を出ようとした。

刹那《せつな》、左近が現れ、中年の下男を背後から押さえた。

中年の下男は、恐怖に突き上げられた。

「静かにしろ……」

左近は、中年の下男に苦無《くない》を突き付けた。

中年の下男は、恐怖に凍て付いて喉を鳴らした。

「おとなしく答えれば命は取らぬ」

左近は囁いた。

「は、はい……」

中年の下男は、嗄れ声を震わせた。

「重臣屋敷には誰が住んでいる」

「下屋敷の留守番頭の吉崎監物さまです」

「手前の重臣屋敷には……」

「御前《ごぜん》さまのお客人にございます」

「御前さま……」

左近は眉をひそめた。

「はい。御隠居の白翁さまにございます」

「その隠居の白翁の客とは何者だ」

「はい。如月兵庫《ひょうご》さまと申される方にございます」

中年の下男は、嗄《しゃが》れ声を震わせた。

「如月兵庫……」

左近は知った。

「はい……」

「何者だ」

「知りません……」

中年の下男は、首を横に振った。

左近は、中年の下男を厳しく見据えた。

「本当だな」

「はい。本当です」

中年の下男は、必死の面持ちで頷いた。

「ならば、その如月兵庫に若い下男がいるな」

左近は、職人風の若い男は如月兵庫の配下だと読んだ。

「げ、源七《げんしち》って奴です」

「源七か……」

「はい……」

「よし。造作《ぞうさ》を掛けたな。此の事は他言無用《たごんむよう》。下手《へた》に報せれば、お前が厳しく咎《とが》められ、仕置きされる……」

左近は脅した。

「喋りません。誰にも報せません」

中年の下男は怯《おび》え、激しく頷いた。

「ならば、行け……」

左近は、中年の下男を解放した。

中年の下男は駆け去った。

左近は、中年の下男が中間長屋の家に戻るのを見届け、地を蹴って屋根に跳んだ。

如月兵庫と配下の源七……。

左近は知った。

閻魔の仙蔵の本名は、如月仙蔵と云った。

おそらく、閻魔の仙蔵と如月兵庫には、何らかの拘わりがあるのだ。

そして、如月兵庫なる者は、閻魔の仙蔵の名を騙《かた》って目付の高原主水を斬ったのかもしれない。

左近は読んだ。

行燈《あんどん》の明かりは、紙に書かれた幾つかの名前を読む彦兵衛の顔を照らした。

「そうか、目付の高原主水さまを憎み、殺したがっていた者はこんなにいるのか……」

彦兵衛は吐息を洩らした。

「はい。大勢い過ぎましてね、的が絞り切れませんよ」

房吉は苦笑した。

「うん。で、どうする……」

「閻魔の仙蔵と拘わりのありそうな奴から洗ってみますよ」

「それしかないか……」

「ええ。で、旦那、左近さんから何か……」

「さあて、何処で何をしているのか、出掛けたきりだ」

彦兵衛は苦笑した。

朝。
奥州街道表道には、旅人たちが行き交っていた。
高島藩江戸下屋敷は表門を開け、中間や下男たちが掃除をしていた。
左近は、日本堤から見張った。
掃除をする者たちの中には、昨夜遅く左近が厠で脅した中年の下男もいた。
中年の下男は、朋輩《ほうばい》たちと忙しく働いている。
どうやら、昨夜の事を誰かに喋《しゃべ》ったり、気が付かれた様子はない。
左近は見守った。
僅《わず》かな刻《とき》が過ぎた。
編笠《あみがさ》を手にした浪人が、下屋敷の裏門から出て来た。
源七……。
左近は、裏門から出て来た浪人が源七だと見定めた。
源七は、編笠を被って奥州街道表道に向かった。
よし……。

左近は、浪人姿の源七を追った。
源七は、奥州街道表道から入谷、山下を通って下谷広小路に進んだ。
左近は、慎重に尾行《つけ》た。
源七は、下谷広小路を抜けて湯島天神裏門坂道から切通《きりどお》しに向かった。
切通しを通って本郷《ほんごう》に行くのか……。
左近は、源七の行き先を読んだ。
源七は、切通しから本郷の通りを横切って旗本屋敷街に進んだ。

本郷御弓町《おゆみちょう》の旗本屋敷街は、出仕《しゅっし》や掃除の時も過ぎて静けさが漂っていた。
源七は、表門の閉じられた旗本屋敷の潜《くぐ》り戸《ど》を叩いた。
潜り戸が開き、小者が顔を出した。
源七は小者に何事かを告げ、潜り戸から屋敷内に入った。
左近は見届けた。
さあて、何様の屋敷なのか……。
左近は、源七の入った旗本屋敷を眺めた。

「あれ。左近さん……」

房吉の戸惑った声がした。

左近は振り返り、房吉がやって来たのに気が付いた。

房吉は、源七の入った旗本屋敷を一瞥《いちべつ》し、左近を土塀の脇に誘った。

「房吉さん、此の屋敷は……」

左近は、房吉が源七の入った旗本屋敷に用があって来たと読んだ。

「岸田平蔵《きしだへいぞう》っていろいろ悪い噂のある旗本の屋敷ですよ」

房吉は、岸田屋敷を眺めた。

「岸田平蔵……」

「ええ。殺された目付の高原主水さまが調べていた一人でしてね」

房吉は報せた。

「そうですか……」

「左近さんは……」

房吉は、厳しさを滲ませた。

「ええ……」

左近は、己を尾行した源七が陸奥国高島藩江戸下屋敷にいる得体の知れぬ如月兵庫という者の配下だと見定めた。そして、その源七を追って岸田屋敷に来た事を告げた。

「源七に如月兵庫ですか……」

房吉は眉をひそめた。

「ええ。閻魔の仙蔵の本名は如月仙蔵。おそらく何らかの拘わりがあると……」

左近は、己の読みを伝えた。

「そうすると、旗本の岸田平蔵が自分の悪事を暴こうとしている目付の高原主水さまを恐れ、如月兵庫と源七に始末を頼んだってところですかね」

房吉は読んだ。

「かもしれません……」

左近は頷いた。

「分かりました。あっしは岸田平蔵がどんな悪事を働いているのか、身の周りを詳しく洗ってみます」

房吉は、目付高原主水の闇討ちを企てた者を旗本の岸田平蔵に絞った。

「ええ……」

左近は頷いた。

岸田屋敷の表門脇の潜り戸が開いた。

左近と房吉は、素早く物陰に隠れた。

源七が、家来に見送られて潜り戸から出て来た。

家来は、源七に声を掛けて潜り戸を閉めた。

源七は苦笑し、編笠を被って来た道を戻り始めた。

「じゃあ、房吉さん……」

「はい……」

左近は、房吉を残して源七を追った。

房吉は左近を見送り、薄笑いを浮かべて岸田屋敷を眺めた。


本郷通りは、湯島から駒込白山《こまごめはくさん》に続いている。

源七は、本郷通りを湯島に向かった。

左近は、慎重に尾行た。

源七は、湯島から神田川に架かっている昌平《しょうへい》橋を渡り、柳原通りに進んだ。

柳森稲荷の嘉平の店に行くのか……。

左近は読んだ。

源七は、左近の読み通りに柳原通りから柳森稲荷に入った。

左近は苦笑し、柳森稲荷に急いだ。

源七は、嘉平の葦簀張りの店に入った。

「おう……」

嘉平は迎えた。

「父っつあん、酒を頼む」

「おう……」

嘉平は、湯呑茶碗に安酒を満たして差し出した。

源七は、湯呑茶碗の酒を飲んだ。

「どうした。閻魔の仙蔵を斬った野郎、見付かったかい……」

嘉平は、源七に笑い掛けた。

「尾行たが、撒《ま》かれた……」

「そうか……」

「父っつあん、閻魔の仙蔵を斬った奴が何処にいるのか、知っているな……」

源七は、嘉平を見据えた。

「お前、誰の指図で動いているんだ」

嘉平は、薄笑いを浮かべて見返した。

「何……」

「閻魔の仙蔵こと如月仙蔵は、甲賀の上忍《じょうにん》の血筋に繋がる忍びと聞く。その辺に拘わりがあるのかい……」

嘉平は苦笑した。

「父っつあん……」

源七は、微かな苛立《いらだ》ちを滲ませた。

「源七、此処《ここ》は甲賀の山の中とは違う。生き馬の目を抜く花のお江戸だ。はぐれ忍びを甘く見ると、いつの間にか命を落とすぜ」

嘉平は、楽しそうな笑みを浮かべた。

源七は、嘉平の笑みに底知れぬ冷酷さを感じて喉を鳴らした。

「源七、お前に指図をしているのは、如月家の血筋の者か……」

嘉平は読んだ。

「ああ……」

源七は頷いた。

「で、そいつは、一族の末に連なる閻魔の仙蔵の恨みを晴らそうって魂胆《こんたん》かい……」

「きっと……」

「で、死んだ閻魔の仙蔵の名で動き、斬り棄てた野郎を誘き出すか……」

嘉平は読んだ。

「ああ……」

源七は、湯呑茶碗の酒を飲み干した。

「そいつは上手い遣《や》り口《くち》だが、もう一押しだな……」

「父っつあん……」

「ああ……」

嘉平は頷いた。

「邪魔したな……」

源七は、空になった湯呑茶碗を置いて葦簀張りの店から出て行った。

「甲賀の山猿か……」

嘉平は、嘲りを浮かべて見送った。

「聞かせてもらった……」

左近が入って来た。

「ああ。閻魔の仙蔵。やっぱり、甲賀の如月家の血筋の者だ」

嘉平は告げた。

「如月兵庫か……」

左近は笑った。

「如月兵庫……」

嘉平は眉をひそめた。

「ああ。源七を使っている者だ」

左近は告げた。

「何処にいるのかも分かっているのか……」

「うむ……」

左近は頷いた。

「流石《さすが》だな……」

嘉平は笑った。

「ああ。生き馬の目を抜く花のお江戸のはぐれ忍び、油断をしていたらいつの間にか命を落とすからな……」

左近は苦笑した。

「聞いていたのかい……」

「うむ。で、もう一押しか……」

「さあて、その手に乗るかどうか……」

嘉平は、眩しげに眼を細めた。

葦簀の向こうに夕陽が輝いた。

山谷《さんや》堀沿いにある日本堤の途中には新吉原《しんよしわら》があり、女郎《じょろう》遊びの男たちが行き交っていた。

左近は、日本堤に潜んで高島藩江戸下屋敷を見張っていた。

編笠を被った武士が二人、高島藩江戸下屋敷から出て来た。

武士の一人は、編笠を僅かに上げて辺りに不審な事はないか見廻した。

源七……。

左近は、武士の一人を源七と見定めた。

ならば、残る一人は如月兵庫なのかもしれない……。

左近は読み、入谷に向かう編笠を被った源七たちの尾行を始めた。

源七たち二人の武士は、下谷広小路から明神下の通りに進み、神田川に架かっている昌平橋に向かった。

淡路坂に行くのか……。

左近は、源七たち二人の武士の行き先を読んだ。

もう一押しに行くのか……。

左近は眉をひそめた。

源七たち二人の武士は、昌平橋を渡って神田八つ小路は淡路坂の暗がりに佇んだ。

何をする気だ……。

左近は、昌平橋の北の袂の暗がりから見守った。

刻が過ぎた。

明神下の通りに小さな明かりが揺れた。

人が来た……。

左近は、小さな明かりを見詰めた。

小さな明かりは、羽織袴の中年の武士の供侍《ともざむらい》の持つ提灯だった。

左近は、昌平橋の袂の暗がりに忍んだ。

中年の武士と供侍は、左近の前を通って昌平橋を渡って行った。

源七たちは、もう一押しする気か……。

左近は見守った。


中年の武士と供侍は、昌平橋を渡って淡路坂に向かった。

「源七……」

編笠を被った武士は、源七を促した。

源七は走り、中年の武士と供侍の行く手を遮《さえぎ》った。

「何者だ……」

供侍は中年の武士を庇《かば》い、源七を誰何《すいか》した。

「閻魔の仙蔵……」

源七は名乗った。

「閻魔の仙蔵だと……」

中年の武士と供侍は眉をひそめた。

現れたか……。

左近は、暗がり伝いに昌平橋を渡った。

三

「閻魔の仙蔵、旗本宮坂図書《みやさかずしょ》と知っての狼藉か……」
中年の武士は名乗り、厳しく問い質《ただ》した。
「旗本宮坂図書か。偶々《たまたま》通り掛かった不運を恨むのだな……」
源七は嘲笑した。
暗がりに佇んでいた編笠の武士は、宮坂図書と供侍の背後に進んだ。
源七と対峙する宮坂図書と供侍は、背後に迫る編笠の武士に気が付かなかった。
編笠の武士は刀を抜き、宮坂図書に背後から斬り掛かろうとした。
刹那、闇が斬り裂かれたように揺れた。
編笠の武士は、揺れた闇を見た。
頭巾を被った左近が、蹴りの態勢で闇から跳んで現れた。
編笠の武士は、咄嗟《とっさ》に転がって左近の蹴りを躱《かわ》した。
現れた……。
源七は、宮坂図書と供侍を棄て、左近に向かった。

宮坂図書と供侍は戸惑った。
左近は、編笠の武士に鋭く襲い掛かった。
編笠の武士は、刀を横薙《な》ぎに一閃した。
左近は躱し、無明刀を抜き打ちに放った。
無明刀は閃き、武士の編笠を斬り飛ばした。
編笠を斬り飛ばされた武士は怯んだ。
源七は、左近に猛然と斬り掛かった。
左近は、無明刀を一閃した。
甲高い音が響き、源七の刀は夜空に飛んだ。
左近は、源七に迫った。
源七は怯み、十字手裏剣を続けざまに放った。
左近は、無明刀を縦横に振るって十字手裏剣を叩き落とした。
源七は後退した。
「おのれ……」
編笠を斬り飛ばされた武士は、左近に鋭く斬り掛かった。
左近は、斬り結んだ。

火花が飛び、焦《こ》げ臭さが漂った。

「お前が閻魔の仙蔵か……」

左近は苦笑した。

「如何《いか》にも。お前か……」

武士は、左近が閻魔の仙蔵を斬り棄てた者だと気が付いた。

「ならば、本物の仙蔵を追って三途《さんず》の川を渡り、成仏するが良い……」

左近は僅かに腰を沈め、無明刀を真っ向から鋭く斬り下げた。

武士は、咄嗟に刀を頭上に構えた。

無明刀は、頭上に構えた刀を両断し、尚も武士の頭を斬った。

武士は、頭から血を振り撒いて斃《たお》れた。

左近は、源七を厳しく見据えた。

「源七、閻魔の仙蔵は何人もいるようだな」

左近は苦笑した。

「お、おのれ……」

源七は、声を震わせた。

「閻魔の仙蔵が地獄から蘇り、襲い掛かって来たところで何度でも地獄に送り返してくれる……」

左近は、嘲りを浮かべて云い放ち、闇の中に消え去った。

襲われた宮坂図書と供侍は、既に逃げ去って姿を消していた。

源七は、糸の切られた操り人形のようにその場に座り込んだ。

淡路坂に龕灯の明かりが揺れ、辻番《つじばん》の番士たちが駆け寄って来た。

源七は立ち上がり、左近に斬り棄てられた武士の亡骸《なきがら》を背負い、闇に向かって走り出した。


閻魔の仙蔵が再び現れ、旗本と供侍を斬り棄てる事は失敗に終わった。

噂は、刻を要さずに江戸の町に広まった。

左近は読んだ。

如月兵庫は、もう一押しを狙い、閻魔の仙蔵の偽者《にせもの》を仕立てて旗本を襲わせた。

だが、もう一押しは、左近が邪魔をした。

もう一押しは失敗したが、閻魔の仙蔵を斃した左近を引き出す企ては上手く行ったのだ。

如月兵庫は此れからどう出るか……。

左近は、高島藩江戸下屋敷にいる如月兵庫と源七を見張った。

閻魔の仙蔵は、再び旗本を襲った。

だが、得体の知れぬ者が現れ、閻魔の仙蔵を追い払った。

彦兵衛と房吉は、得体の知れぬ者を左近だと睨んだ。

「旦那。今度、閻魔の仙蔵に襲われた旗本の宮坂図書さまに、恨まれ、命を狙われる覚えがないとなると、目付の高原主水さまを斬り殺したのも偶々《たまたま》の事で、岸田平蔵の企みじゃあないのかも……」

房吉は読んだ。

「いや。宮坂図書さまは偶々狙われたようだが、高原主水さまは違うだろうな」

「じゃあ、やはり岸田平蔵に金で頼まれての事で、宮坂図書さまは目晦《めくら》まし……」

房吉は睨んだ。

「きっとな……」

彦兵衛は頷いた。

「そいつも如月兵庫の企みですか……」

「おそらく、左近さんはそう睨んでいる筈だよ」

彦兵衛は読んだ。

「ひょっとしたら、如月兵庫、左近さんを誘き出す為、宮坂図書さまを襲ったのかもしれませんね」

「ああ。で、左近さんは誘いに乗り、宮坂図書さまを助けた」

「だとしたら左近さん、次はどうしますかね」

「さあて、どうするか……」

彦兵衛は小さく笑った。


山谷堀の流れに夕陽が揺れた。

左近は、日本堤から高島藩江戸下屋敷を見張っていた。

山谷堀の船着場には荷船が着き、人足たちが高島藩江戸下屋敷から幾つかの木箱を運び込んでいた。

何を運び込んでいるのか……。

左近は、人足たちが運び込む幾つかの木箱を眺めた。

夕陽は上野の山蔭に沈み、山谷堀を行く船は明かりを灯し始めた。

潮時だ……。

左近は、幾つかの木箱を降ろして夜の山谷堀を隅田川《すみだがわ》に向かう荷船を見送り、高島藩江戸下屋敷を眺めた。

亥《い》の刻四《よ》つ（午後十時）。

幾つもの寺の鐘の音が、夜空に重なりながら鳴り響いた。

左近は、忍び装束に身を包んで高島藩江戸下屋敷を窺った。

警備は相変わらず緩い……。

左近は見定め、下屋敷の裏手に廻った。

裏門を中心にした下屋敷の裏手も警戒は緩かった。

よし……。

左近は、下屋敷の裏門に続く長屋門の屋根に跳んだ。

高島藩江戸下屋敷は寝静まり、宿直の家来たちが半刻毎の見廻りをしているだけだった。

左近は、中間長屋の屋根に忍んで下屋敷内を窺った。

家来たちの見廻りは終わったばかりのようであり、下屋敷内に人影は見えなかった。

左近は、中間長屋の屋根から跳び下りて重臣屋敷に走った。

重臣屋敷は二棟あり、下屋敷留守番頭の吉崎監物と隠居の一色白翁の客である如月兵庫が暮らしている。

左近は、如月兵庫の暮らす手前の重臣屋敷に忍び寄った。

重臣屋敷は板塀に囲まれ、木戸門がある。

左近は、木戸門越しに重臣屋敷を窺った。

殺気はない……。

左近は見定め、板塀を跳び越えて庭に忍び込んだ。

屋敷は雨戸が閉められていた。

結界も殺気もない……。

左近は読んだ。

如月兵庫は、甲賀流上忍の家柄の者であり、忍びの腕は左近が斬り棄てた如月家末流の閻魔の仙蔵より上の筈だ。

忍び寄る者に気が付きながら、気が付かぬ振りをしているか……。
左近は苦笑した。
よし……。
左近は、閉められた雨戸を問外《といかき》で僅かに開け、素早く忍び込んだ。

廊下は暗く静かだった。
左近は、連なる暗い座敷を窺った。
男の寝息が、微かに奥の座敷から聞こえていた。
左近は、男の寝息の聞こえる座敷に忍び寄り、障子に手を掛けた。
刹那《せつな》、障子越しに手槍《てやり》が突き出された。
左近は跳び退いた。
廊下の左右から十字手裏剣が飛来した。
左近は、廊下の床を蹴って天井に張り付いた。
左右から放たれた十字手裏剣は、廊下の左近のいた処で交差して飛び去った。
左近は、天井から手槍の突き出された座敷に飛び込んだ。
座敷にいた甲賀忍びが手槍を振るった。

左近は、咄嗟に甲賀忍びの頭上を跳んで躱し、着地すると同時に無明刀を抜き打ちに一閃した。

甲賀忍びは胸元を斬られ、血を飛ばして仰け反り倒れた。

左近は、無明刀を鋭く一振りした。

鋒《きっさき》から血の雫《しずく》が飛んだ。

数人の甲賀忍びが廊下に現れ、座敷の左近に忍び刀で斬り掛かった。

左近は、無明刀を閃かせて甲賀忍びを斬り伏せ、雨戸を蹴り倒して庭に跳び出した。

左近は庭に跳び下りた。

甲賀忍びの者が庭や廊下から現れ、左近を取り囲んだ。

左近は苦笑し、無明刀を提《さ》げた。

無明刀の鋒から血が滴り落ちた。

「閻魔の仙蔵を斃した忍びか……」

背の高い総髪の武士が、源七を従えて廊下に現れた。

「甲賀流如月兵庫か……」

左近は、背の高い総髪の武士を見据えた。

「左様。お前の忍びの流派と名を教えてもらおうか……」

如月兵庫は、嘲りを含んだ声で尋ねた。

「江戸のはぐれ忍びは既に流派を棄てた者。名乗る程の名はない……」

左近は云い放った。

「ならば何故、閻魔の仙蔵を斬った……」

兵庫は、怒りを浮かべた。

「困っている者を盗賊の押込みに巻き込み、容赦のない外道働きさせたは許せぬ所業《しょぎょう》。それ故、斬り棄てた」

左近は苦笑した。

「そうか。だが、末流《まつりゅう》とはいえ甲賀如月の忍びの者が、盗賊として斬り棄てられたのを見過ごしには出来ぬ」

兵庫は、悔しさを滲ませた。

「それ故、死んでいる閻魔の仙蔵の名を騙って目付の高原主水を斬り、誘き出そうとしたか……」

左近は、己の読みを告げた。

「ああ……」

兵庫は苦笑した。

「して、閻魔の仙蔵の恨みを晴らすか……」

左近は読んだ。

「いや。甲賀如月の名を護《まも》る為だ……」

兵庫は云い放った。

「甲賀如月の名を護る……」

左近は眉をひそめた。

「左様。一族の末流如月仙蔵を斬り棄てた者を始末してな……」

兵庫は、怒りを込めて左近を見据えた。

刹那、取り囲んでいた甲賀忍びの者共が左近に音も立てずに殺到した。

左近は、無明刀を縦横に閃かせた。

甲賀忍びは、呻《うめ》きも悲鳴もあげずに倒れ、血煙が舞った。

左近は、兵庫に迫ろうとした。

兵庫は、嘲笑を浮かべて座敷に下がった。

左近は、追い掛けようとした。

源七は、手鉾《てぼこ》を唸らせて左近の行く手を阻んだ。

左近は、無明刀を振るって斬り結んだ。

火花が飛び散り、焦げ臭さが漂った。

如月兵庫は、左近の前から姿を消した。

逃げられた……。

左近は苦笑した。

ならば、今夜は此れ迄だ……。

左近は、重臣屋敷の屋根に跳んだ。

源七が追って跳んだ。

左近は、屋根に着地した源七に棒手裏剣を放った。

源七は、棒手裏剣を躱す為に体勢を僅かに崩した。

左近は、無明刀を一閃した。

源七は、右肩を斬られて均衡を崩し、重臣屋敷の屋根から落ちた。

左近は、重臣屋敷の屋根を走って反対側に跳び下り、裏門に走った。

高島藩江戸下屋敷の家来や奉公人たちは、左近と甲賀忍びの沈黙の闘いに気が付かなかった。

左近は走り、裏門脇の中間長屋の屋根に跳び、高島藩江戸下屋敷から立ち去った。


高島藩江戸下屋敷は、何事もなかったかのように静寂に覆われていた。

左近は、日本堤の暗がりに佇んで高島藩江戸下屋敷を眺めた。

甲賀如月の名を護る為……。

如月兵庫が閻魔の仙蔵の名を騙った理由が分かった以上、最早《もはや》容赦は無用だ。

それは、如月兵庫たち甲賀忍びも同じだ。

斬り棄てる……。

左近は、如月兵庫たち甲賀忍びとの苛烈《かれつ》な殺し合いを覚悟した。


鉄砲洲波除稲荷傍の巴屋の寮は、潮騒《しおさい》と鷗の鳴き声に覆われていた。

彦兵衛が訪れていた。

「そうですか、甲賀如月の名を護る為に閻魔の仙蔵を蘇らせ、左近さんを誘き出そうとしたのですか……」

彦兵衛は頷いた。

「ええ。それにしても甲賀如月、今時、忍びの名を護るなどと……」

左近は呆れた。

「流石《さすが》は忍びの老舗、甲賀如月の忍びですか……」

彦兵衛は苦笑した。

「ええ……」

「で、如月兵庫は……」

「配下と共に高島藩江戸下屋敷から姿を消しました。何処に潜んだのか……」

「そうですか……」

左近は眉をひそめた。

「ところで彦兵衛の旦那、目付の高原主水闇討ちを企み、如月兵庫に依頼した者は旗本の岸田平蔵でしたか……」

「そいつが、今一つ確かな証拠がありませんでしてね」

彦兵衛は眉をひそめた。

「そうですか……」

「ええ。房吉が探り続けていますが……」

「それじゃあ、私も……」

左近は、不敵な笑みを浮かべた。

鷗の鳴き声が煩く響いた。


本郷御弓町の旗本屋敷街には、物売りの声が長閑《のどか》に響いていた。

房吉は、旗本屋敷の路地から斜向かいにある岸田屋敷を見張っていた。

「房吉さん……」

左近が背後に現れた。

「こりゃあ、左近さん……」

房吉は、笑顔で左近を迎えた。

「岸田平蔵、動きませんか……」

「ええ。で、左近さんの方は……」

「いろいろありましたよ……」

左近は、甲賀如月兵庫との経緯を房吉に話した。

「甲賀如月の名を護る為にねえ……」

房吉は、呆《あき》れたように首を捻った。

左近は苦笑した。

岸田屋敷の表門脇の潜り戸が開いた。

左近と房吉は、素早く路地に身を潜めて見守った。

岸田屋敷から若い武士が現れ、辺りに不審な者がいないのを見定め、潜り戸の奥に何事かを告げた。

着流しの武士が現れ、塗笠《ぬりがさ》を目深《まぶか》に被って本郷の通りに向かった。

若い武士が続いた。

「着流しが岸田平蔵です……」

房吉は告げた。

「ええ……」

左近は、若い武士を従えて行く岸田平蔵を見定めた。

「追いますぜ」

「はい……」

房吉と左近は、岸田平蔵と供の若い武士を尾行始めた。

不忍池の畔には木洩れ日が揺れた。

岸田平蔵は、若い供侍を従えて本郷通りを横切り、切通しを抜けて不忍池の畔に進んだ。

房吉と左近は尾行《つけ》た。

岸田平蔵と若い供侍は、不忍池の畔にある料理屋『水月《すいげつ》』の暖簾を潜った。

「料理屋水月ですか……」

「ええ……」

房吉と左近は見届けた。

「誰かと逢うつもりですか……」

房吉は読んだ。

「おそらく……」

左近は頷いた。

「さあて、誰と逢うのか……」

房吉は、不忍池の畔を来る者を窺った。

「ひょっとしたら、先に来て待っているのかもしれぬ……」

左近は読んだ。

「ええ……」

房吉は頷いた。

「よし。見定めて来ます」

左近は、料理屋『水月』の裏手に廻って行った。

「気を付けて……」

房吉は見送った。

四

料理屋『水月』は、昼間から客が訪れていた。

左近は、庭に忍び込んで植込みの陰から連なる座敷を見廻した。

連なる座敷は障子を開けており、その一つに岸田平蔵の姿が見えた。

岸田は、酒を飲みながら障子の陰にいる相手と話をしている。

逢う相手は、やはり先に来ていたのだ。

誰だ……。

左近は、障子の陰になっている相手の見える処《ところ》の植込みに移動した。

障子の陰にいた相手が見えた。

如月兵庫……。

岸田平蔵が逢っている相手は、如月兵庫だった。

岸田と兵庫は、何を話しているのか……。

左近は、岸田と兵庫のいる座敷の死角になる処に移動した。そして、連なる座敷の縁の下に走り込んだ。


左近は、縁の下伝いに岸田と兵庫のいる座敷に進んだ。

やがて、頭上から兵庫の声が聞えた。

左近は、己の気配を消して忍んだ。

「そうか、身辺に目付たちの動きは感じられぬか……」

兵庫の探るような声がした。

「うむ。高原主水、旗本御家人を手広く調べていたので、俺に辿り着く事はあるまい」

岸田の嘲りを含んだ声が聞えた。

「そうか。ならば良いが、御前さまもお気に掛けていらしてな」

兵庫の声がした。

御前さま……。

左近は、兵庫の言葉に思わず戸惑い、己の気配を僅かに露わにした。

兵庫は眉をひそめた。

「ま、御懸念《ごけねん》は無用とな……」

岸田は笑った。

「そうか……」

兵庫は、そう云いながら畳を見据え、刀を素早く抜いて突き刺した。

岸田は驚いた。

兵庫は、刀を畳から抜いて庭先に跳び下り、座敷の縁の下を覗いた。

縁の下には誰もいなかった。

岸田は、庭を見廻した。

庭に不審な者は勿論、人はいなかった。

「如月どの……」

岸田は、戸惑いを浮かべた。

「うむ。気の所為《せい》だったようだ」

兵庫は苦笑し、座敷に戻った。

「房吉さん……」

左近が戻って来た。

「どうでした……」

房吉は迎えた。

「岸田平蔵、如月兵庫と逢っていました」

「如月兵庫と……」

「うむ。二人の話を聞いた限り、目付の高原主水闇討ちを企てたのは岸田平蔵に相違ない」

左近は告げた。

「そうですか……」

房吉は笑った。

「で、如月兵庫が出て来たら私は追います」

「分かりました。じゃあ、岸田平蔵はあっしが……」

房吉は頷いた。

「左近さん……」

房吉が料理屋『水月』を示した。
如月兵庫が、女将や下足番に見送られて出て来た。
「如月兵庫です」
左近は、房吉に教えた。
「はい……」
房吉は、喉を鳴らして頷いた。
兵庫は、塗笠を被って不忍池の畔を下谷広小路に向かった。
女将は見送り、店の中に戻って行った。
「じゃあ……」
左近は、兵庫を尾行《つけ》た。
房吉は見送り、料理屋『水月』から岸田平蔵と若い供侍が出て来るのを待った。
料理屋『水月』の店先では、下足番が掃除を始めた。
僅かな刻が過ぎた。
客が帰るのか、下足番が店に戻った。
岸田平蔵か……。
房吉は、緊張した面持ちで料理屋『水月』を見詰めた。

岸田平蔵と若い供侍が、女将や下足番に見送られて出て来た。
岸田が帰る……。
房吉は緊張した。
岸田と若い供侍は、不忍池の畔を来た道を戻り始めた。
女将と下足番は店に戻った。
房吉が尾行ようとした時、人足《にんそく》が現れて岸田と若い供侍を追った。
房吉は戸惑った。

岸田平蔵と若い供侍は、不忍池の畔を進んだ。
人足は、懐に手を入れて追った。
房吉は続いた。
如月兵庫配下の甲賀忍びか……。
房吉は読み、戸惑いと焦りを感じた。
次の瞬間、人足は地を蹴って岸田と若い供侍に走った。
「危ねえ……」
房吉は、思わず叫んだ。

人足は、忍び鎌《がま》を手にして岸田と若い供侍に襲い掛かった。
「おのれ、狼藉……」
岸田は怒鳴った。
人足は、忍び鎌を煌めかせた。
岸田は喉元を斬られ、声の代わりに血を振り撒いて斃れた。
若い供侍は、恐怖に身を翻《ひるがえ》して逃げた。
人足は、逃げる若い供侍に跳び掛かり、その背に忍び鎌を叩き込んだ。
若い供侍は、前のめりに斃れ込んだ。
「ひ、人殺し……」
房吉は叫んだ。
人足は駆け去った。
房吉は、倒れている岸田と若い供侍に駆け寄った。
岸田と若い供侍は、恐怖に眼を瞠《みは》って絶命していた。
一瞬の出来事だった。
房吉は、呆然《ぼうぜん》と立ち尽くした。

不忍池は煌めいた。
塗笠を被った如月兵庫は、不忍池の畔から根津権現《ねづごんげん》に向かった。
左近は、慎重に尾行《つけ》た。
兵庫は、根津権現の脇を通って千駄木《せんだぎ》に進んだ。
如月兵庫たち甲賀忍びは、高島藩江戸下屋敷から姿を消して何処に潜んでいるのだ。
突き止める……。
左近は追った。

千駄木は寺と武家屋敷、そして田畑の多い処だ。
如月兵庫は、千駄木の田畑の中の田舎道を小さな雑木林に向かった。
左近は尾行た。
小さな雑木林の中には、古寺があった。
如月兵庫は、古寺の山門を潜って境内に入った。
左近は、古寺の山門に走って境内を窺った。
境内に兵庫はいなかった。

どうした……。
左近は、古寺の境内に駆け込んだ。
刹那、軋みが鳴った。
左近は振り返った。
山門が音を立てて閉まった。
空《くう》を切る音がした。
左近は跳んだ。
半弓《はんきゅう》の矢が左近のいた処を飛び抜け、山門の門扉《もんぴ》に突き刺さった。
左近は跳び下りた。
数人の甲賀忍びが本堂の屋根に現れ、左近に向かって半弓を射た。
数本の矢が左近に飛んだ。
跳び下りたばかりの左近には、躱《かわ》す間はなかった。
左近は、無明刀を閃かせた。
数本の矢は、斬り飛ばされて地に落ちた。
甲賀忍びが現れ、左近を取り囲んだ。
「やはり現れたか……」

如月兵庫が、本堂の階《きざはし》に現れた。

「目付の高原主水闇討ちは、旗本の岸田平蔵に頼まれての事だな」

左近は問い質した。

「さあて、そいつはどうかな」

兵庫は、嘲りを浮かべた。

「惚《とぼ》けるなら、岸田平蔵に訊く迄……」

左近は告げた。

「出来るかな、そんな真似が……」

兵庫は嘲笑した。

「何……」

左近は戸惑った。

「岸田平蔵、既に口は封じた」

兵庫は告げた。

「口を封じた……」

左近は眉をひそめた。

如月兵庫は、旗本の岸田平蔵を配下の甲賀忍びに始末させた……。

左近は気が付いた。

「おのれ……」

此れで目付の高原主水闇討ちは、岸田平蔵が企んで如月兵庫に頼んだ事を証言出来る者はいなくなったのだ。

左近は知った。

「そして、岸田平蔵の次はお前だ……」

兵庫は冷笑した。

甲賀忍びの者たちは、左近を包囲している輪を縮めた。

斬り抜ける……。

左近は、無明刀の柄を握り締めた。

甲賀忍びの者共は、乳切木《ちぎりぎ》という棒の先についた分銅《ふんどう》付きの鎖《くさり》を廻しながら左近に迫った。

分銅の空を切る音が幾つも鳴った。

左近は、無明刀を構えて乳切木での攻撃に備えた。

乳切木の分銅が左近に放たれた。

分銅は鎖を伸ばして左近を襲った。

左近は真上に跳んで躱し、棒手裏剣を素早く放った。
棒手裏剣は、乳切木の分銅を廻す甲賀忍びの一人の喉元に突き刺さった。
喉元に棒手裏剣を受けた甲賀忍びの者が倒れ、包囲の輪が乱れて分銅は地に落ちた。
左近は、跳び下りながら無明刀を袈裟懸けに一閃した。
乳切木の棒が両断され、甲賀忍びが血を飛ばして仰け反った。
分銅を廻す暇を与えてはならない……。
左近は、猛然と無明刀を閃かせた。
甲賀忍びは次々と斬られた。
左近は無明刀を縦横に閃かせ、一気に本堂の階にいる兵庫に迫った。
兵庫は、本堂の屋根に跳んだ。
左近は、追って本堂の屋根に跳んだ。

兵庫は、本堂の屋根にあがって振り返った。
追って現れた左近が、無明刀を煌めかせて鋭く斬り掛かった。
兵庫は、屋根の瓦を蹴り飛ばした。

瓦は回転しながら左近に飛んだ。
左近は、咄嗟に身を伏せて飛来した瓦を躱した。
兵庫は、忍び刀を抜いて左近に斬り掛かった。
左近は跳ね起き、兵庫の忍び刀を横薙《な》ぎに打ち払った。
兵庫は踏み止《とど》まり、身体を反転させながら左近に斬り付けた。
左近は、飛び退いて無明刀を構えた。
兵庫は、左の手首に三本鉤爪《かぎつめ》の竜咜《りゅうだ》を嵌《は》め、右手の忍び刀で斬り掛かった。
左近と兵庫は、鋭く斬り結んだ。
兵庫は、斬り結びながら竜咜を放った。
左近の左袖が引き裂かれ、左の二の腕が浅く斬られた。
左近は踏み込み、無明刀を斬り下げた。
兵庫は、竜咜で無明刀を受けた。
竜咜の三本鉤爪が斬り飛ばされた。
兵庫は、咄嗟《とっさ》に大きく跳び退いた。
瓦の上に落ちた三本鉤爪は、緑色に不気味に輝いた。
左近と兵庫は、本堂の屋根の上で対峙《たいじ》した。

「おのれ……」
兵庫は薄笑いを浮かべ、鉤爪の斬られた竜咜を棄てて忍び刀を構えた。
左近は、無明刀を頭上高く構えた。
天衣無縫《てんいむほう》の構えだ。
隙《すき》だらけだ……。
兵庫は嘲笑し、瓦を蹴って左近に向かって走った。
左近は、頭上高く無明刀を構えたまま動かなかった。
兵庫は、左近に斬り掛かった。
剣は瞬速……。
無明斬刃《むみょうざんじん》……。
左近は、無明刀を頭上から真っ向に斬り下げた。
閃光が交錯した。
左近と兵庫は、残心《ざんしん》の構えを取った。
「おのれは……」
「日暮左近……」
左近は名乗った。

「日暮左近か……」
兵庫は苦笑した。
その額に血が溢《あふ》れ、顔の真ん中を伝い流れて鼻の先から滴り落ちた。
左近は、残心の構えを解いた。
兵庫は斃れ、本堂の屋根を転げて境内に落ちた。
甲賀忍びたちが駆け寄った。
左近は身を翻し、屋根から裏手に跳び下りた。
千駄木の田畑の緑は、微風に揺れていた。
左近は、甲賀忍びから行き先を晦《くら》ます為に田畑を進んだ。
厳しい殺し合いをした所為《せい》か、五体が熱っぽく足が縺《もつ》れた。
左近は、思わず膝をついた。
息が鳴り、左腕に鈍痛が走った。
如月兵庫の竜咜に引き裂かれた傷……。
左近は、竜咜で引き裂かれた左袖を捲《まく》って二の腕を見た。
左の二の腕に竜咜の三本鉤爪の浅い傷があり、赤紫色に腫《は》れていた。

毒……。
兵庫の竜咜の三本鉤爪には、毒が塗られていたのだ。
左近は気が付いた。
此のまま動き続ければ、毒の廻りは早くなる。
一刻も早く傷口の毒を洗い落とし、手当てをしなければならない。
反対側に進めば、隅田川が流れている。
よし……。
左近は、ふらつく足で隅田川に向かった。
甲賀忍び如月兵庫は、竜咜の三本鉤爪にどのような毒を塗っていたのだ。
痺《しび》れ薬か、それとも命を獲る程の毒か……。
左近は、想いを巡らせながら熱く重くなる身体を必死に隅田川に運んだ。
風は田畑の緑を揺らした。

隅田川は緩やかに流れていた。
左近は、隅田川で左の二の腕の赤紫に腫れあがった傷口を丁寧《ていねい》に洗った。そして、革袋に水を汲《く》み、隅田川の畔にある崩れ掛かった百姓家《ひやくしようや》に戻った。

百姓家は屋根が傾き、根太板《ねだ》が抜け、天井や壁が崩れていた。

左近は、囲炉裏《いろり》に火を熾《おこ》し、秩父忍び秘伝の毒消しの塗り薬を赤紫に腫れあがった傷口に塗った。

激痛が五体を貫いた。

左近は、歯を食いしばり、塗り薬を傷口に塗り込んだ。そして、傷口に晒《さら》しを巻き、やはり秩父忍び秘伝の毒消しの丸薬を革袋に汲んで来た水で飲み下した。

今、出来る手当てはした。後は静かに横になっているしかない。

左近は、囲炉裏に小さな木株を焼《く》べ、身体を横たえて眼を瞑《つむ》った。

「日暮左近か……」

左近は、そう云って苦笑した如月兵庫の顔を思い浮かべた。

如月兵庫……。

左近は呟《つぶや》いた。

囲炉裏の火は燃えた。

夕陽が崩れた天井や壁の間から差し込み、囲炉裏から昇る僅かな煙を照らした。

行燈の火は揺れた。

「そうか、旗本の岸田平蔵、如月兵庫と逢った後、甲賀者に殺されたか……」

彦兵衛は眉をひそめた。

「はい。如月兵庫、岸田平蔵を始末して甲賀忍びとの拘わりを断ち斬ったのかもしれません」

房吉は、厳しい面持ちで告げた。

「うむ。きっと、房吉の睨み通りだろう」

彦兵衛は頷いた。

「此れで如月兵庫が白状しない限り、目付の高原主水闇討ちは闇の彼方《かなた》ですか……」

房吉は苦笑した。

「まあな。だが、左近さんが斬り棄てた閻魔の仙蔵が蘇った絡繰《からく》りと目付の高原主水闇討ちの真相が分かったんだ」

「ええ……」

房吉は頷いた。

「で、左近さんはどうしたんだい」

彦兵衛は訊いた。

「そいつが、左近さん、高原主水と逢った如月兵庫を追って行きましてね……」

房吉は眉をひそめた。

「それっきりか……」

「はい」

「ま、左近さんの事だ。心配はあるまいが……」

「ええ。今頃、如月兵庫たち甲賀忍びの隠れ家を突き止め、葬る手立てを思案しているのかもしれません」

房吉は読んだ。

「うむ……」

彦兵衛は頷いた。

行燈の火は音を鳴らして瞬《またた》いた。


千駄木の崩れ掛けた百姓家は、蒼白《あおじろ》い月明かりを浴びていた。

囲炉裏では木株が燻《くすぶ》り、傍らで左近が横たわって眠っていた。

左近の熱っぽい顔には脂汗《あぶらあせ》が浮かび、音もなく流れ落ちた。

木株の燻る囲炉裏から昇る煙は、月明かりに揺れていた。

第三章　抜け荷

一

山谷堀の流れは、朝日を受けて煌めいた。

陸奥国高島藩江戸下屋敷は表門を開け、小者たちが門前の掃除に励んでいた。

鹿威《ししおど》しの音が甲高く響く奥庭には、奥御殿に続く離れ家の茶室があった。

薄暗い茶室では、白髪の小柄な老人、藩主一色頼信《いっしきよりのぶ》の叔父である一色白翁《はくおう》が茶を点《た》てていた。

「御前さま……」

茶道口《さどうぐち》に男の声がした。

「監物《けんもつ》か……」

白翁は、茶筅《ちゃせん》を廻しながら尋ねた。

「はい……」

「入るが良い……」

白翁は、点てた茶を美味そうに飲んだ。

高島藩江戸下屋敷留守番頭の吉崎《よしざき》監物が、茶道口から踏込畳《ふみこみだたみ》に入って来た。

「どうした……」

「昨日、甲賀の如月兵庫《きさらぎひょうご》が素性《すじょう》の知れぬ忍びの者に斃されたそうにございます」

監物は報せた。

「兵庫が……」

白翁は、戸惑いを浮かべた。

「はい。配下の者の話では、素性の知れぬ忍びの者も如月兵庫の毒爪を受け、おそらく果てたものかと……」

「刺し違えたか……」

「はい」

「ならば監物、次の取引は間もなくだ。甲賀如月に兵庫に代わる者を早々に寄越せと伝えるのだ」

一色白翁は厳しく命じた。

「はっ。心得ました」

吉崎監物は平伏《ひれふ》した。

「それにしても、兵庫を斃した忍びの者、何者だったのか……」

白翁は、白髪眉をひそめた。

鹿威しの音が甲高く響いた。


三日が過ぎた。

左近は戻らず、姿を消したままだった。

「ねえ、叔父さん、左近さん、どうしたのかしら。鉄砲洲の寮に清次《せいじ》を走らせたけど、左近さん、やっぱりいないって……」

おりんは心配した。

「房吉も捜しているが、左近さんの事だ、心配はいらないさ……」

彦兵衛は、微かな緊張を過《よぎ》らせた。

「そうよね。左近さんだもの、心配ないわよね」

おりんは、硬い笑みを浮かべた。

「ああ……」

彦兵衛とおりんは、浮かび上がる不安を懸命に振り払った。


甲賀如月兵庫は、素性の知れぬ忍びの者に斬られた……。

江戸のはぐれ忍びの間に噂が流れた。

噂は、柳森稲荷前の葦簀張りの飲み屋の亭主嘉平《かへい》にも届いた。

日暮左近の仕業だ……。

嘉平は読み、素性の知れぬ忍びの者の噂を集めた。

素性の知れぬ忍びの者は、如月兵庫との闘いで竜吒の三本鉤爪を受けたという。

その三本鉤爪には毒が塗られており、素性の知れぬ忍びの者は、何処かで野垂《のた》れ死んだと囁く者もいた。

だが、素性の知れぬ忍びの者の死体を見た者はいない。

左近が無事なら現れても良い筈だ。

嘉平は、現れない左近の身に何かあったと睨み、秩父忍びに遣いを走らせた。

神田川を行く船は、夜空に甲高い櫓《ろ》の軋みを響かせていた。

柳森稲荷の葦簀張りの飲み屋の奥には、縁台や空き樽に腰掛けて安酒を楽しむ者たちがいた。

「親父さん……」

二人の若い男が葦簀を潜った。

「おう……」

嘉平は、入って来た二人の若い男を見た。

「暫《しばら》くでした……」

二人の若い男は、秩父忍びの烏坊《からすぼう》と猿若《さるわか》だった。

「来たか……」

嘉平は笑った。

「はい。報せを貰い、飛んで来ました」

猿若は告げた。

「うむ……」

「で、その後、噂は……」

烏坊は尋ねた。

「死体が出たとも、生きていたとも、何もない……」

「そうですか……」

「じゃあ、甲賀者と何処《どこ》で闘ったのか分かりますか……」

猿若は訊いた。

「噂を掻き集めたところによれば、根津、千駄木、谷中《やなか》の方の荒れ寺のようだな」

嘉平は告げた。

「根津、千駄木、谷中の方の荒れ寺……」

「ああ。もし、噂通り毒を盛られたとしたら、遠く迄は行けない筈だ」

嘉平は読んだ。

「分かりました。いるとしたら、根津、千駄木、谷中界隈の荒れ寺の近くですね」

猿若は念を押した。

「きっとな……」

「直ぐに捜してみます」

猿若は勢い込んだ。

「それから、殺された如月兵庫に代わる者が来るって噂だ」

嘉平は眉をひそめた。

「如月兵庫に代わる者ですか……」

烏坊は、戸惑いを浮かべた。

「ああ……」

「何しに来るのですか……」

烏坊は尋ねた。

「さあ、そこ迄は分からねえ」

嘉平は苦笑した。

「そうですか……」

「ま、如月兵庫は高島藩江戸下屋敷にいた筈だ。その辺りに拘わりあるのかもしれないな」

嘉平は読んだ。

「高島藩江戸下屋敷ですか……」

烏坊は眉をひそめた。

「うん。その辺の噂も掻き集めておくぜ」

「お願いします。じゃあ……」

烏坊と猿若は、嘉平の葦簀張りの店から出て行った。

「鼻垂らしの小僧たちも良い若い者になってきたもんだぜ」

嘉平は、笑みを浮かべて見送った。

鉄砲洲波除稲荷傍の巴屋の寮は、夜の闇と潮騒に覆われていた。

行燈に明かりが灯された。

忍びの者は、寮の居間、座敷、廊下、納戸《なんど》、台所などを検《あらた》めた。

寮の中は冷ややかさに満ち、人のいた気配は薄れていた。

住む者が出て行ってから、刻《とき》は随分と過ぎている。

何処にいるのだ……。

忍びの者は、明かりの灯された行燈の上に小さな赤い天道虫《てんとうむし》を載せた。

小さな赤い天道虫は作り物だった。しかし、下からの明かりを受け、今にも動き出しそうに見えた。

左近が戻れば、誰が来たか気が付く筈だ……。

忍びの者は、小さな赤い天道虫を載せた行燈の火を吹き消した。

忍びの者は立ち去り、寮には闇が満ちた。

根津、千駄木、谷中の荒れ寺……。

猿若と烏坊は、左近と甲賀忍びが闘ったと思われる荒れ寺を根津界隈に捜した。

しかし、探している荒れ寺は容易に見付からなかった。

猿若と烏坊は、疲れ知らずの若さと体力で左近と甲賀忍びが闘った荒れ寺を捜し続けた。


高島藩江戸下屋敷は静寂に覆われていた。

廻り髪結いの女は、鬢盥《びんだらい》を提《さ》げて日本堤から高島藩江戸下屋敷を眺めていた。

秩父忍びの御館《おやかた》の陽炎《かげろう》だった。

如月兵庫に代わる甲賀忍びが来るとしたら、おそらく高島藩江戸下屋敷……。

陽炎は、烏坊と猿若の報せを受けてそう読み、女廻り髪結いに形を変えて探りに来たのだった。

高島藩江戸下屋敷には、藩主一色頼信の叔父一色白翁が暮らし、下屋敷留守番頭の吉崎監物たち家来が詰めている。

陽炎は、高島藩江戸下屋敷の警備を窺った。
家来たちの警備は緩く、忍びの者の結界は張られていない。
だが、既に如月兵庫に代わる甲賀者が来ているのかもしれない。
陽炎は、高島藩江戸下屋敷に殺気を鋭く放った。
動きは何もない……。
高島藩江戸下屋敷から陽炎の殺気に対する反応は何もなかった。
如月兵庫に代わる甲賀者は、高島藩江戸下屋敷にはいない。
陽炎は見定めた。
山谷堀に櫓の軋みを響かせ、一艘《そう》の猪牙舟《ちょきぶね》がやって来た。
陽炎は、猪牙舟を眺めた。
猪牙舟には、深編笠《ふかあみがさ》を被った武士が乗っていた。
ひょっとしたら……。
陽炎は、眼下の山谷堀を通って行く猪牙舟に乗った深編笠の武士が気になった。
猪牙舟は、高島藩江戸下屋敷近くの船着場に船縁《ふなべり》を寄せた。
やはり……。
陽炎は眉をひそめた。

深編笠の武士は、猪牙舟を下りて土手道に上がった。

陽炎は見守った。

深編笠の武士は、佇んでいる陽炎を一瞥《いちべつ》して高島藩江戸下屋敷に入って行った。

如月兵庫の代わりに来た甲賀者……。

陽炎は読んだ。

名と代わりに来た理由は何だ……。

陽炎は、高島藩江戸下屋敷を眺めた。

結界……。

陽炎は戸惑った。

高島藩江戸下屋敷には、先程迄はなかった忍びの結界が張られていたのだ。

おそらく、如月兵庫の代わりに来た甲賀者の指図だ。

慎重で油断のない者……。

陽炎は睨んだ。

そして、新たに来た甲賀者の名前と、高島藩江戸下屋敷に来た理由を調べる手立てを思案した。

鹿威しの音が甲高く響いた。

隠居の一色白翁は上段の間に座り、座敷に平伏している武士を見詰めた。

「御前さま、甲賀如月一族の如月兵衛《ひょうえ》にございます」

控えていた留守番頭の吉崎監物は、平伏している武士を示した。

「うむ。如月兵衛、面を上げい……」

白翁は命じた。

「はっ……」

平伏していた武士は、精悍《せいかん》な顔を上げた。

「甲賀如月兵衛にございます」

武士は名乗った。

「兵庫とはどのような拘わりだ」

「従兄《いとこ》にございます」

「従兄か……」

「はい。兵庫が思わぬ不覚を取り、御迷惑をお掛け致しました。後は此の兵衛が甲賀如月の名に懸けて取り仕切ります」

如月兵衛は告げた。

「うむ。取引の日は近い。呉々《くれぐれ》も油断致すな」

白翁は命じた。

「ははっ……」

如月兵衛は平伏した。


根津界隈には、左近と如月兵庫たち甲賀忍びが闘った荒れ寺はなかった。

烏坊と猿若は見定め、東に続く谷中に向かった。

谷中には、富籤《とみくじ》で名高い感応寺《かんのうじ》を始め、多くの寺があった。

烏坊と猿若は、数多い寺の中に荒れ寺を探し始めた。


「して飛影《とびかげ》、その忍び、兵庫の竜咜の毒爪を受けたのに間違いないのだな」

如月兵衛は、配下の甲賀忍び飛影に念を押した。

「はい。忍びの左袖を引き裂き、二の腕に傷を負わせたのは間違いありません。ですから、たとえ浅手《あさで》であっても、竜咜の爪に塗ってあった南蛮《なんばん》渡りの毒が傷から染み込み、命を奪った筈……」

飛影は告げた。

「して、その忍びの死体は見届けたのか……」

「いえ……」

「ならば飛影。配下の者共に命じて、その忍びの死体を捜せ」

「死体を……」

飛影は、戸惑いを浮かべた。

「うむ。傷から毒が身体に廻ったならば、遠く迄は行けぬ筈。先ずは闘った荒れ寺を中心に一里《り》（約四キロ）の内をな……」

兵衛は命じた。

「心得ました」

飛影は平伏し、兵衛の前から消えた。

「兵庫を斃した程の手練《てだ》れ、易々《やすやす》と死んだとは思えぬ……」

兵衛は、厳しい面持ちで呟いた。


谷中の寺は密集していた。

烏坊と猿若は、谷中に無住の寺が二軒あるのを知った。

烏坊と猿若は、一軒目の寺を訪れた。

一軒目の寺は荒れ果てており、乞食が寝泊まりをし、狐や狸が住み着いていた。

烏坊と猿若は、荒れ果てた寺を調べた。

荒れ果てた寺には、左近と甲賀忍びが闘った痕跡はなかった。

違う……。

烏坊と猿若は見定め、二軒目の寺に走った。

二軒目の寺は、無住であっても檀家《だんか》の者たちが管理しており、荒れ果てた様子も闘いの跡もなかった。

「くそっ、谷中でもなさそうだな」

猿若は、苛立《いらだ》ちを覗かせた。

「焦るな、猿若。残るは千駄木だ。行くぞ」

烏坊は、千駄木に走った。

猿若は続いた。

高島藩江戸下屋敷から、飛影たち数人の武士が現れた。

陽炎は見守った。

飛影たち数人の武士は、日本堤に出て奥州街道表道に向かった。

甲賀忍び……。

陽炎は、飛影たち数人の武士を甲賀忍びだと睨んだ。

追ってみる……。

陽炎は、鬘盥を持った廻り髪結いの形で数人の武士たちを尾行《つけ》た。

数人の武士は、奥州街道表道から谷中への道に進んだ。

陽炎は追った。


千駄木の寺は、緑の田畑に点在していた。

烏坊と猿若は、点在する寺に荒れ寺を探した。

千駄木の荒れ寺は根津や谷中より多く、烏坊と猿若は土地の百姓などに尋ねながら探し歩いた。

一軒目、二軒目の荒れ寺には、左近と甲賀忍びの闘いの痕跡はなかった。

烏坊と猿若は、三軒目の荒れ寺に向かって田舎道を進んだ。

田舎道は、田畑の中の小さな雑木林に続いていた。

小さな雑木林の中に荒れ寺はあった。

烏坊と猿若は、荒れ寺の境内に入った。

烏坊と猿若は、境内や本堂に闘いの痕跡を探した。

「猿若……」

烏坊は、何かを見付けて猿若を呼んだ。

「どうした……」

猿若は、烏坊の傍に駆け寄った。

「此れを見ろ……」

烏坊は、本堂の軒下の草むらを示した。

草むらは踏み躙《にじ》られ、飛び散った血痕が黒く乾いていた。

「血か……」

猿若は眉をひそめた。

「どうやら、此処《ここ》だな……」

烏坊は、左近と甲賀忍びが殺し合った荒れ寺を漸《ようや》く探し当てた。

「寺の中を検める」

烏坊は、本堂の中に入って行った。

「よし……」

猿若は、本堂の屋根に身軽に跳んだ。

本堂の屋根の瓦には、黒く乾いた血が附着《ふちゃく》していた。

猿若は、本堂の屋根で人が斬られ、血を振り撒いて軒下に落下したと読んだ。

左近は、此の荒れ寺で毒を塗った竜咜の爪で傷を負い、姿を消した。

何処に行ったのか……。

猿若は、本堂の屋根の上から荒れ寺の周囲を見廻した。

荒れ寺の周囲には緑の田畑が広がり、遠くに寺や百姓家が点在していた。

捜すしかない……。

猿若は、左近を捜し出す決意を新たにした。

烏坊が本堂の屋根に現れた。

「どうだった……」

「寺の中には誰もいない……」

烏坊は告げた。

「そうか……」

烏坊は頷いた。

刹那、十字手裏剣が唸りを上げて飛来した。

猿若と烏坊は、飛来した十字手裏剣を跳んで躱した。

甲賀忍び……。

猿若と烏坊は身構えた。

飛影たち甲賀忍びが、烏坊と猿若の周囲に現れた。

「何処の忍びだ……」

飛影たち甲賀忍びは、烏坊と猿若を取り囲んで厳しく見据えた。

「さあてな……」

烏坊と猿若は、飛影たち甲賀忍びの囲みを破る隙を窺った。

二

突然、烏坊と猿若を囲む甲賀忍びの一人が前のめりに倒れた。

その背には、棒手裏剣が突き刺さっていた。

飛影たち甲賀忍びは怯んだ。

刹那、烏坊と猿若は左右に跳んだ。

「追え……」

飛影は焦った。

甲賀忍びの者たちは、追い掛けようとした。

棒手裏剣が飛来し、先頭の甲賀忍びの胸に突き刺さった。

甲賀忍びの者たちは、咄嗟《とっさ》に伏せた。

「おのれ、三人目がいたか……」

飛影は、悔しさを露《あらわ》にした。


烏坊と猿若は、荒れ寺を囲んでいる雑木林から走り出た。

「烏坊、猿若……」

陽炎が、雑木林の上から跳び下りて来た。

「陽炎さま……」

烏坊と猿若は、陽炎に駆け寄った。

「お蔭で助かりました」

烏坊は頭を下げた。

「それより、左近は何処か分かったのか……」

陽炎は訊いた。

「あの寺で斬り合い、竜咤の毒爪を受けたようです」

猿若は、雑木林の向こうに見える荒れ寺を示した。

「で、此の界隈の何処かにいるか……」

「はい。動き廻れば毒の廻りが早くなります。おそらく此の寺の近くに潜み、身体から毒が抜けるのを待っているのかも……」

烏坊は読んだ。

「そうか。甲賀の者共もそう読んで捜しに来たのかもしれぬな」

陽炎は睨んだ。

「はい……」

「もっとも甲賀の者共は、左近の死体を捜しているのかもしれないがな」

陽炎は、淋しさを過《よぎ》らせた。

「陽炎さま……」

烏坊は眉をひそめた。

「冗談じゃありません。左近さまが甲賀の毒ぐらいで死ぬもんですか……」

猿若は笑った。

「そうです。左近さまは毒を受けたと気が付き、此の界隈の何処かに忍び、養生している筈です。捜しましょう」

烏坊は、陽炎を励ました。

「そうだな。よし、左近が竜咤の毒爪で傷を負ったのなら、先ずは傷の毒を綺麗に水で洗い落とす筈だ。だとしたら……」

陽炎は読んだ。

「隅田川の傍ですか……」

「ああ。きっとな……」

陽炎は頷き、緑の田畑に点在している寺や家を眺めた。

陽炎、烏坊、猿若は、手分けをして千駄木の奥に流れる隅田川沿いに左近を捜した。

陽炎は、隅田川の流れ沿いに傷を洗うのに都合の良い場所を探した。

「此処か……」

陽炎は、傷を洗うのに都合の良さそうな場所を見付けた。

そこは、流れが小さな入り江のようになっている場所だった。
左近は、此処で傷を洗い、毒を洗い落としたのかもしれない……。
陽炎は、辺りを見廻した。
近くに潰れ掛けた百姓家があった。
あそこかもしれない……。
陽炎は、潰れ掛けた百姓家に向かった。
殺気……。
陽炎は飛び退き、厳しい面持《おもも》ちで辺りを窺った。
飛影が茂みに現れた。
甲賀忍び……。
「三人目はくノ一《くのいち》だったか……」
飛影は嘲笑した。
甲賀忍びが二人、陽炎の背後に現れた。
陽炎は身構えた。
「素性の知れぬ忍びの仲間か……」
「だったらどうする……」

「何処の忍びか教えてもらおう……」

「知りたければ、手を突いて頼むのだな」

陽炎は、嘲りを浮かべた。

「おのれ……」

飛影は、怒りを過らせた。

刹那、陽炎は身体を捻って背後に棒手裏剣を投げた。

陽炎に背後から襲い掛かろうとした甲賀忍びは、胸に棒手裏剣を受けて倒れた。

陽炎は跳んだ。

残る甲賀忍びが、忍び刀を抜いて陽炎に斬り掛かった。

陽炎は、提げていた鬢盥の底を開け、撒菱《まきびし》を振り撒いた。

残る甲賀忍びは、足元に撒かれた撒菱に怯んだ。

陽炎は苦無《くない》を放った。

残る甲賀忍びは、腹に苦無を受けて前のめりに倒れた。

「おのれ……」

飛影は、猛然と陽炎に襲い掛かった。

陽炎は、身軽に跳んで躱し、棒手裏剣を放った。

飛影は、棒手裏剣を忍び刀で弾き飛ばし、陽炎に一気に迫った。
陽炎は、帯の後ろから忍び鎌を出し、飛影と鋭く斬り結んだ。
忍び刀と忍び鎌の刃は煌めき、嚙み合った。
草が千切《ちぎ》れ、土塊《つちくれ》が飛んだ。
飛影は押した。
陽炎は後退した。
飛影は押し、酷薄《こくはく》な笑みを浮かべた。
刹那、陽炎は飛影の顔に息を吹いた。
煌めきが飛んだ。
飛影は、左眼に五分《ぶ》(約一五ミリ)程の長さの含み針を受けて跳び退いた。
陽炎は、含み針を吹いたのだ。
「おのれ……」
飛影は、左眼に突き刺さった含み針を抜き、怒りに顔を醜く歪《ゆが》めた。
「安心しろ、針に毒は塗っていない」
陽炎は苦笑した。
「黙れ……」

飛影は、猛然と陽炎に斬り掛かった。
左眼を潰された飛影の忍び刀は、僅かにずれた。
陽炎は、飛影の忍び刀を絡め落とし、脇腹に忍び鎌を叩き込んだ。
飛影は、構わず陽炎の首を両手で摑んだ。
陽炎は仰け反り、飛影の手を振り払おうとした。
「死ね……」
飛影は、左眼と脇腹から血を流しながら陽炎の首を絞めた。
陽炎は、首を絞める飛影の手を忍び鎌で斬り、必死に逃れようとした。
だが、飛影は両手を斬られ、血に塗《まみ》れながらも陽炎の首を絞め上げた。
陽炎は、飛影の手から抜け出せず、苦しく踠《もが》いた。
飛影は、憤怒《ふんぬ》の形相で力を込めて陽炎の首を絞めた。
陽炎は眼が霞み、押さえ付けられるように両膝を突いた。
此れ迄か……。
陽炎は、己の意識が薄れていくのを感じた。
「死ね……」
飛影は、陽炎の首を絞めた。

左近……。
陽炎は、覚悟を決めた。
次の瞬間、飛影の首を絞める両手の力が緩んだ。
そして、朧《おぼろ》げに見えていた飛影の顔が消え、左近の顔が浮かんだ。
左近……。
陽炎は、己の意識が消えるのを知った。
飛影は、背後から心の臓を一突きにされて崩れるように斃れた。
左近は、血の滴る苦無を握り締めて佇んでいた。
「陽炎……」
左近は、倒れている陽炎を抱き起こした。
陽炎は、気を失っていた。
左近は気を失っている陽炎を抱いて、近くの崩れた百姓家に向かった。
緑の田畑には小鳥の囀《さえず》りが響き渡った。
囲炉裏には、新たな木株が燃えていた。
左近は、気を失っている陽炎を囲炉裏端に横たえた。

「陽炎……」

左近は、濡れた手拭いで陽炎の顔や首の汚れや血を拭いた。

手傷は負っていない……。

だが、如月兵庫の竜咤の爪で掠《かす》り傷を負い、そこから毒に侵されて死にかけた己《おのれ》や、五分程の長さの含み針を眼に受け、激しく狼狽《うろた》えて死んでいった甲賀者のように、些細《ささい》な傷でも命取りになる事はある。

左近は、陽炎に毒消しを飲ませた。

陽炎は眠り続けた。

囲炉裏の火は燃えた。


左近は、鋭い殺気と闘う気配を感じ、崩れ掛けた百姓家の外を窺っていた。

隅田川の畔で、侍と町方《まちかた》の女が闘っていた。

左近は見守った。

忍びの者同士、甲賀忍びとくノ一の殺し合い……。

気が付いた左近は、崩れ掛けた百姓家を出て、甲賀忍びとくノ一の闘いに忍び寄った。

そして、首を絞められて危機に陥《おちい》っているくノ一が陽炎だと知った。

左近は、甲賀忍びに忍び寄り、背中から心の臓に苦無を叩き込み、陽炎を助けたのだ。

左近の身体から毒は殆《ほとん》ど抜けていた。

直ぐに毒爪の傷の手当をし、動かずに養生した事が死なずに済んだ一因だが、毒の塗られた竜咜の爪の傷が掠《かす》り傷だったのも幸いしたのだ。

陽炎を此のまま崩れ掛けた百姓家に置いて良いものか……。

それに、甲賀の忍びの者の手も迫って来る。

左近は思案した。

最良の策は、陽炎を鉄砲洲波除稲荷傍の公事宿『巴屋』の寮に連れて行く事だ。

しかし、鉄砲洲迄は遠い。病み上がりの左近と疲れ果てている陽炎が、江戸の町を行くには危険が多過ぎる。

かといって、崩れ掛けた百姓家に居続ける訳にもいかないのだ。

よし……。

左近は、日が暮れてから崩れ掛けた百姓家から脱出し、鉄砲洲波除稲荷傍の寮に行く事に決めた。

ならば、今の内に……。
左近は、眠り続ける陽炎を残して出掛けて行った。

烏坊と猿若は、小さな雑木林に囲まれた荒れ寺の周囲に左近を捜し続けていた。
陽は大きく西に傾き、鳥は群れを成して塒《ねぐら》に帰り始めた。
烏坊と猿若は、甲賀忍びの眼を掻い潜りながら左近を捜した。

囲炉裏に燻る木株に水が掛けられ、灰神楽《はいかぐら》が舞い上がった。
左近は、眠り続ける陽炎を背負い、崩れ掛けた百姓家を出た。

千駄木の田畑は、月明かりに煌めいていた。
左近は、陽炎を背負って畦道《あぜみち》を隅田川に急いだ。
隅田川の畔の繁みには、小舟が隠すように繋《つな》がれていた。
左近は、小舟に陽炎を乗せ、舫《もや》い綱を解いて隅田川に押し出した。
左近と陽炎を乗せた小舟は、ゆっくりと隅田川の流れを下り始めた。

左近は、船で隅田川を下り、鉄砲洲波除稲荷迄行くのが上策だと判断した。そして、隅田川沿いに住む川漁師から古い小舟を買い取って来たのだ。

左近と陽炎を乗せた小舟は隅田川を下り、千住大橋と浅草吾妻《あずま》橋の下を潜って大川に入った。

因《ちな》みに、隅田川は吾妻橋を潜ってから大川と呼ばれていた。

夜の大川の流れは緩やかであり、岸辺の家々の明かりが過ぎて行く。

左近は、陽炎を乗せた小舟を操り、両国橋から新大橋に進んだ。

残る千住《せんじゅ》大橋、吾妻橋、永代《えいたい》橋を入れて隅田川五橋と称されている。

左近は、新大橋を潜ると小舟の舳先《へさき》を西の三つ又に向けた。

三つ又から日本橋川を横切ると亀島《かめじま》川になり、進むと稲荷橋の架かる八丁堀と合流する。

そこに鉄砲洲波除稲荷があり、公事宿『巴屋』の寮があった。

左近は、陽炎を乗せた小舟を稲荷橋の下の船着場に寄せた。

無事に着いた……。

左近は安堵し、小舟を舫って陽炎を抱き下ろした。そして、公事宿『巴屋』の寮に急いだ。

江戸湊の潮騒が響いていた。
公事宿『巴屋』の寮は暗く、冷ややかな気配が漂っていた。
人の気配も殺気はない……。
左近は見定め、陽炎を担ぎ込んだ。
左近は、陽炎を座敷に寝かせ、居間の行燈に明かりを灯そうとした。
行燈の上に赤い天道虫がいた。
赤い天道虫……。
左近は、赤い天道虫が作り物であり、陽炎の符牒《ふちょう》なのを知っていた。
陽炎は、秩父から俺を捜して寮に来た……。
左近は、座敷に横たわっている陽炎を見詰めた。
俺が消息を絶った噂を聞いた嘉平が、秩父に報せたのかもしれない。
左近は、赤い天道虫の止まっている行燈に火を灯した。
行燈の火は、明るく温かく寮の中を照らした。
「何、飛影が殺された……」

甲賀如月兵衛は眉をひそめた。

「はい。左眼を針で潰され、両手を鎌で斬られ、背中から心の臓を一突きにされて……」

甲賀忍びの源七は、動かない右腕の袖を揺らして告げた。

「何者の仕業か心当たりあるのか、源七……」

兵衛は、源七を鋭く見据えた。

「はい。手前の右腕を使い物にならなくし、兵庫さまを斬り棄てた得体《えたい》の知れぬ忍びの者かと……」

源七は睨んだ。

「そ奴は兵庫の竜咜《りゅうだ》の毒爪に倒れた筈……」

兵衛は、微かな戸惑いを過らせた。

「兵庫さまの竜咜の毒爪の傷は掠り傷。しっかり手当をし、充分に養生して毒を抜けば……」

源七は読んだ。

「死ぬ事はないか……」

兵衛は苦笑した。

「おそらく……」

源七は頷いた。

「よし、源七。その素性の知れぬ忍び、急ぎ捜し出すのだ」

兵衛は命じた。

「心得ました」

源七は、動かない右腕の袖を揺らして立ち去った。

「おのれ……」

兵衛は、素性の知れぬ忍びの者に静かな怒りを燃やした。

柳森稲荷前の空き地にある葦簀張りの飲み屋は、小さな明かりを灯していた。

「邪魔をする……」

左近は、葦簀を潜った。

「おう……」

主の嘉平は、左近の顔を見て眼を瞠った。

「何か噂を聞いているか……」

左近は尋ねた。

「いろいろとな……」

嘉平は、苦笑しながら湯呑茶碗に酒を満たし、左近に差し出した。

「いろいろか……」

「ああ。甲賀如月兵庫が素性の知れぬ忍びの者と刺し違えた……」

「刺し違えた……」

左近は、己がどう噂されているのか知った。

「うん。素性の知れぬ忍びは、兵庫の竜咤の毒爪に斃《たお》されたとな……」

嘉平は笑った。

「斃されたか……」

左近は苦笑した。

「ああ。で、そいつを秩父に報せたら、烏坊と猿若が飛んで来た」

「烏坊と猿若が……」

「ああ。で、僅かな手掛かりで懸命に捜し廻っているぜ。可愛いもんだな」

「そうか……」

左近は、陽炎が烏坊と猿若を伴って江戸に来たのを知った。

「余計な真似をしたなら、勘弁してくれ」

嘉平は詫びた。

「いや。で、他に噂は……」

「甲賀如月兵庫が死に、代わりに如月兵衛ってのが出て来たそうだ」

「如月兵衛……」

左近は眉をひそめた。

「うむ……」

嘉平は、厳しい面持ちで頷いた。

「して、その如月兵衛、江戸の何処に出て来たのだ」

「高島藩江戸下屋敷だそうだ」

「高島藩江戸下屋敷……」

「ああ。何かあるのかな、高島藩江戸下屋敷に……」

嘉平は、戸惑いを浮かべた。

「きっとな……」

そいつが何か分からぬが、高島藩江戸下屋敷には何かがあるのだ。

左近は知った。

「そうか。ま、何《いず》れにしろ、良く戻ったな」

嘉平は笑った。

「ああ。辛うじて生き永らえた……」

「うむ……」

「で、烏坊と猿若が来たら、毒が漸く抜けたようだとな……」

「心得た……」

嘉平は頷いた。

「心配を掛けたな。じゃあ……」

左近は、湯呑茶碗の酒を飲み干して葦簀張りの店を出た。

柳森稲荷の鳥居は月光に蒼白く輝き、空き地は虫の音に満ちていた。

三

何処だ……。

目を覚ました陽炎は、蒲団に横たわったまま暗い周囲を見廻した。

座敷……。

陽炎は、自分が何処かの家の座敷で蒲団に横たえられているのを知った。

陽炎は、手足を静かに動かした。
縛られてはいない……。
そして、蒲団に横たえられていた。
首に違和感を覚えた……。
陽炎は思い出した。
甲賀忍びに首を絞められ、目の前が暗くなって意識を失った。
それから誰かに助けられたのか……。
陽炎は読んだ。
陽炎は、意識を失う寸前に甲賀忍び以外の者の顔を見たのを思い出した。
それが、誰の顔だったかは思い出せないが、おそらく助けてくれた者なのだ。
陽炎は、暗い家の中に人の気配を探った。
人の声も足音も何も聞こえなかった。
暗い家の中に人の気配はない……。
陽炎は、暗い座敷を見廻して静かに身を起こした。
何処にも痛みはない……。
陽炎は、何処にも手傷を負っていないのを知った。

座敷の襖を開けると居間だった。

見覚えがある……。

陽炎は、見覚えのある居間に入って来て行燈を見た。

火の消されている行燈の上には、赤い天道虫はいなかった。

陽炎は探した。

「赤い天道虫なら此処にいる……」

左近が現れた。

「左近……」

陽炎は、満面に安堵を浮かべた。

「具合はどうだ……」

「うむ。怪我はない……」

「そいつは良かった……」

左近は、行燈に火を灯し、赤い天道虫を出して載せた。

赤い天道虫は、行燈の火を受けて生きているかのように煌めいた。

「私の首を絞めていた甲賀忍びは……」

陽炎は訊いた。

「始末した」

「そうか。造作《ぞうさ》を掛けたな」

「いや。それを云うのは俺の方だ。心配を掛けたようだな……」

「いや。勝手に心配しただけだ……」

陽炎は云い放った。

「そうか……」

左近は苦笑した。

屋根の上で微かな物音がした。

左近は、素早く行燈の火を吹き消して天井を見上げた。

陽炎は身構えた。

「左近さま……」

烏坊の囁きが、雨戸の外から聞こえた。

「烏坊だ……」

陽炎は囁いた。

「うむ……」

左近は頷き、障子を開けて縁側に出た。

陽炎は見守った。


左近は、雨戸を僅かに開けた。

烏坊と猿若が素早く入って来た。

「左近さま……」

烏坊と猿若は、左近を見て嬉しそうに笑った。

「捜してくれていたそうだな」

「はい。で、嘉平の親父さんに無事だと聞いて……」

「飛んで来ました」

「そうか。ま、入れ……」

左近は、烏坊と猿若を居間に誘った。

猿若は、雨戸を閉めて続いた。

「陽炎さま……」

烏坊と猿若は驚いた。

「烏坊、猿若、あれから甲賀忍びに襲われてな。危ないところを左近に助けられた」

陽炎は微笑んだ。

「そうですか……」

「良かった……」

烏坊と猿若は安堵した。

「うむ。で、左近は此の通り無事だった」

「甲賀忍びの竜咤の鉤爪に毒が塗られていてな。心配を掛けて済まなかった」

左近は詫びた。

「いえ。それより、甲賀忍びは左近さまの命を狙っています。どうします」

烏坊は、左近の出方を窺った。

「うむ。斃した甲賀忍びの如月兵庫に代わり、如月兵衛が直ぐに高島藩江戸下屋敷に来たそうだな」

「はい……」

烏坊は頷いた。

「甲賀如月兵庫は何の為に高島藩江戸下屋敷にいたのか。そして、如月兵衛は何しに来たのか……」

左近は眉をひそめた。

「左近、それはお前を斃しに……」

陽炎は読んだ。

「如月兵衛はそうかも知れぬが、俺が斃した如月兵庫は違う……」

「ならば、高島藩江戸下屋敷に何かあるようだな」

陽炎は睨んだ。

「うむ。如月兵庫は、高島藩の殿さまの叔父であり一色白翁と名乗る隠居に呼ばれて下屋敷にいたようだ」

左近は報せた。

「では、如月兵庫は隠居の一色白翁の命を受け、何かをしていたのか……」

陽炎は眉をひそめた。

「おそらくな……」

左近は頷いた。

「そいつが何か、高島藩江戸下屋敷と隠居の一色白翁、見張ってみるか……」

陽炎は告げた。

「はい……」

烏坊と猿若は頷いた。

「陽炎、此度の一件、何がどうなっているのか、皆目《かいもく》分からぬが、唯一つはっきり云えるのは、秩父忍びのお前たちには拘わりないという事だ。早々に秩父に帰るのだな」

左近は、静かに告げた。

「左近、私は甲賀忍びに殺されかけたのだ。此のまま黙って秩父に帰る訳にはいかぬ」

陽炎は、腹立たし気に吐き棄てた。

「陽炎……」

「左近。お前がどうしても秩父に帰れと云うなら、我らは、秩父忍びだけで事を進める」

陽炎は云い放った。

「分かった、陽炎。ならば、此の一件、共に探ってみよう」

左近は苦笑した。

「うむ。烏坊、猿若、聞いての通りだ」

陽炎は、声を弾ませた。

「はい……」

「心得ました」

烏坊と猿若は、楽しそうに頷いた。

「よし。ならば、明日から手分けして探索を始めよう」

左近は告げた。

江戸湊の潮騒は静かに響いていた。


山谷堀に荷船が行き交った。

左近と陽炎は、山谷堀沿いの日本堤から高島藩江戸下屋敷を窺った。

高島藩江戸下屋敷は表門を閉め、出入りする者はいなかった。

そして、忍びの結界が張られていた。

「左近……」

陽炎は眉をひそめた。

「うむ。以前にはなかった甲賀忍びの結界だ」

左近は、厳しい面持ちで頷いた。

たのだ。

甲賀忍びの如月兵衛は、如月兵庫や配下の者が殺されたので、警戒を厳しくしたのだ。

左近は読んだ。

そして、かつて見張っていた時、荷船から木箱を降ろして高島藩江戸下屋敷に運び込んでいたのを思い出した。

隠居の白翁が密かにしている事は、あの時の木箱に拘わりがあるのかもしれない。

左近の勘が囁いた。

あの時の木箱に何が入っていたのだ……。

左近は、見届けなかった己に微かな苛立ちを覚えた。

「どうした左近……」

陽炎は、左近に戸惑いの眼を向けた。

「うむ……」

左近は、陽炎にかつて己が見た木箱の話をし始めた。

左近の話を聞く陽炎の後れ毛《おくげ》は、吹き抜ける川風に小さく揺れた。

柳森稲荷前の空き地の古着屋、七味唐辛子売り、古道具屋は、参拝帰りの客で賑《にぎ》わっていた。

左近は、空き地の奥の葦簀張りの嘉平の店に入った。

「おう……」

珍しく店の掃除をしていた嘉平は、笑顔で左近を迎えた。

「酒を貰おうか……」

「快気祝いに良い下り酒がある」

嘉平は、湯呑茶碗に下り酒を満たし、左近に差し出した。

左近は、酒を飲んだ。

「で、何の用だい……」

嘉平は、笑い掛けた。

「陸奥国高島藩隠居の一色白翁の噂だ……」

左近は訊いた。

「高島藩隠居の一色白翁の噂……」

嘉平は眉をひそめた。

「何か聞いた事はないか……」

「一色白翁の噂か……」

「ああ。甲賀如月兵庫を側に置き、甦されると直ぐに如月兵衛を呼び寄せた。何をしているのか、噂を聞かぬか……」

「うむ。一色白翁の噂は聞かぬな……」

嘉平は首を捻った。

「そうか……」

「陸奥国高島藩か……」

「うむ……」

「確か昔、抜け荷の噂があったな」

嘉平は、遠くを眺めるように眼を細めた。

「抜け荷だと……」

左近は眉をひそめた。

「ああ。陸奥国高島藩、俄羅斯《オロシャ》と近く、南蛮品や唐物《からもの》を抜け荷しているって噂がな……」

「俄羅斯から抜け荷……」

「ああ……」

嘉平は頷いた。

「して、抜け荷はどうした」

左近は、話の先を促した。

「噂は噂だ。確かな証拠もなく、噂はいつの間にか消えたよ」

嘉平は苦笑した。

「消えた……」

「その噂、蘇ったのか……」

「いや。未だ何とも云えぬ」

「そうか、で、どうするのだ」

「うむ。そこで、頼みがある……」

「頼み……」

嘉平は、戸惑いを浮かべた。

「ああ……」

「どんな頼みだ……」

「噂を流して貰いたい……」

左近は、不敵な笑みを浮かべた。

夜。

嘉平の葦簀張りの店は、負けの込んだ博奕《ばくち》打ちや食い詰め浪人たちで賑わっていた。

「で、父っつあん、甲賀如月兵庫の竜吒の毒爪にやられた忍び、死んだのか……」

浪人は、安酒を啜りながら嘉平に尋ねた。

「いや。死んだって噂は聞かねえな」

嘉平は笑った。

「じゃあ、命は取り留めたのか……」

浪人は眉をひそめた。

「おそらくな。深川の木場《きば》でそれらしい奴を見掛けたって噂もある」

嘉平は囁いた。

「深川の木場……」

浪人は眉をひそめた。

「ま、噂だ。噂……」

嘉平は笑った。

「父っつあん、酒をもう一杯だ」

派手な半纏《はんてん》を着た博奕打ちが、空になった湯呑茶碗を手にして葦簀の内に入って来た。


山谷堀の流れは朝日に煌《きら》めいた。

甲賀如月兵衛は、死んだ兵庫が暮らしていた高島藩江戸下屋敷の重臣屋敷にいた。

「深川の木場……」

如月兵衛は眉をひそめた。

「はい。手の者の調べによりますが、素性の知れぬ忍び、生き永らえて深川の木場にいるという噂があります」

源七は告げた。

「千駄木の荒れ寺で兵庫の毒爪を受け、深川の木場迄行ったか……」

兵衛は、戸惑いを浮かべた。

千駄木と深川は、江戸の北の端と南の端になり、かなりの距離がある。毒を受けた者が動くにしては遠すぎるのだ。

「はい。舟で隅田川を下れば、身体を横たえていても行けます」

源七は読んだ。

「成る程。よし、源七、深川の木場界隈を探り、噂の真偽を見定めろ」

兵衛は命じた。

高島藩江戸下屋敷から五人の編笠を被った武士が現れ、山谷堀の船着場に向かった。

頭分の編笠を被った武士の右腕は、動く事はなく、袖は垂れ下がって揺れていた。

「甲賀者ですね……」

猿若は見定めた。

「うむ。頭分は源七という者だな」

左近は、山谷堀の船着場から猪牙舟に乗って隅田川を下って行く五人の編笠を被った武士たちを見ながら告げた。

「源七ですか……」

「うむ。おそらく行き先は深川だ」

「深川……」

「ああ。噂の真偽を確かめに行くのだ。猿若は引き続き見張りを頼む。俺は深川に行く」

左近は命じた。

「心得ました」

猿若は頷いた。

左近は、山谷堀沿いの日本堤を隅田川に急いだ。


大川の流れは、永代橋を潜って江戸湊に出る。

源七たち五人の甲賀忍びの乗った猪牙舟は、永代橋の手前にある仙台堀に入って深川に進んだ。

仙台堀を東に進んだ処《ところ》に、深川の木置場《きおきば》が広がっていた。

猪牙舟は、仙台堀に架かっている亀久《かめひさ》橋の船着場に着いた。

木置場からは丸太の匂いが漂っていた。

「よし。木置場界隈に兵庫さまを斃した素性の知れぬ忍びがいるという噂、そいつを確かめるのだ」

源七は、配下の甲賀忍びの者たちに命じた。

配下の甲賀忍びの者たちは、深川木置場界隈に散った。

源七は、亀久橋の船着場で見送った。

亀久橋の上には托鉢坊主が佇み、源七たちを見守っていた。

托鉢坊主は鳥坊だった。

横川は深川木置場から北に続き、東西に流れる小名木川《おなぎがわ》や竪川を横切り、源森《げんもり》川《がわ》から隅田川と結んでいる。

塗笠を目深に被った左近は、横川沿いの道を南に進んで木置場傍の崎川《さきかわ》橋の袂に出た。

崎川橋は、木置場の東の隅にあり、丸太の匂いに満ちていた。

左近は、塗笠を上げて木置場を見廻した。

木置場は朝の仕事が終わったのか、小鳥の囀りが長閑《のどか》に響き渡っていた。

「左近さま……」

托鉢坊主の鳥坊が現れた。

「どうだ……」

「読み通りに来ました」

烏坊は笑った。

「そうか……」

「今、界隈に左近さまを捜しています」

烏坊は告げた。

「よし。俺は此の界隈の町を流して十万坪《じゅうまんつぼ》に行く。後詰《ごづめ》を頼む」

「心得ました」

烏坊は、片手拝みをして左近から離れた。

左近は、崎川橋の袂から久永町《ひさながちょう》に進んだ。

久永町から吉永町《よしながちょう》、大和町《やまとちょう》、亀久町《かめひさちょう》、冬木町《ふゆきちょう》、東平野町《ひがしひらのちょう》、山本町《やまもとちょう》、三好町《みよしちょう》……。

左近は、木置場界隈の町を歩いた。

三好町を抜けて横川に出た時、左近は何者かの視線を背中に感じた。

引っ掛かった……。

視線は、甲賀忍びのものだ。

左近は立ち止まり、背後を振り返って塗笠を上げ、甲賀忍びを捜した。

だが、甲賀忍びの姿は見えなかった。

左近は、塗笠を被り直して横川に架かっている福永橋《ふくなが》に向かった。

甲賀忍びは、左近の背を見詰めて尾行《つけ》て来る。

左近は、横川に架かっている福永橋を渡って十万坪に進んだ。

甲賀忍びは追って来る。

左近は、甲賀忍びの視線を感じながら埋立地の十万坪に進んだ。


十万坪には緑の田畑が広がり、水路が縦横に走っていた。

左近は、水路脇の畦道を進んで小さな小屋に入った。

小さな小屋には、埋立ての道具や農具などが仕舞ってあった。

左近は、道具小屋に入って明かり取りの小窓から外を窺った。

小窓の外には田畑の緑が広がり、微風に揺れているだけで甲賀忍びの姿は見えなかった。

甲賀忍びは、田畑の緑の陰に潜んで道具小屋を窺った。

素性の知れぬ忍びの者は、やはり深川木置場の近くにいた。

噂通りだ……。

甲賀忍びは見定め、来た道を走り戻った。

托鉢坊主が現れ、甲賀忍びが走り去ったのを見定め、道具小屋に走った。


「そうか、甲賀忍びが報せに戻ったか……」

左近は頷いた。

「はい。おそらく如月兵衛に報せ、闇討ちを仕掛けて来るものかと……」

烏坊は告げた。

「うむ。ならば、陽炎に如月兵衛が高島藩江戸下屋敷を出たら、手筈《てはず》通りにとな……」

左近は、不敵な笑みを浮かべた。

四

高島藩江戸下屋敷に変わりはない。

陽炎は、山谷堀沿いの日本堤から高島藩江戸下屋敷を見張りながら、烏坊の報せを受けた。

「そうか。甲賀忍び、左近の仕掛けた餌《えさ》に食い付いたか……」

陽炎は笑った。

「はい。左近さまの読みでは、甲賀如月兵衛は今夜、闇討ちを仕掛けて来るだろう。陽炎は手筈通りにと……」

烏坊は報せた。

「うむ。心得た」

陽炎は頷いた。

「陽炎さま……」

烏坊が、高島藩江戸下屋敷の裏手から駆け寄って来る猿若を示した。

「どうした……」

「はい。今、甲賀忍びの源七が裏門に戻って来ました」

猿若が告げた。

「源七ってのは右腕の利かない奴か……」

烏坊は訊いた。

「ああ。深川に行った甲賀忍びの頭分だ」

猿若は頷いた。

「ならば、左近の事を報せに来たのだろう」

陽炎は読んだ。


「そうか。噂通り、兵庫を斃した忍び、深川の木置場近くにいたか……」

如月兵衛は笑った。

「はい。木置場近くの埋立地、十万坪の道具小屋に潜んでいました」

源七は報せた。

「その者に間違いないのだな」

「はい。某《それがし》の右腕をこのようにした男、見間違える事はありませぬ」

源七は、兵衛を見詰めた。

「よし。ならば、今夜、甲賀忍びの名に懸けて討ち果たし、兵庫たち滅び去った者の恨みを晴らす」

兵衛は、冷ややかに云い放った。

「心得ました」

源七は頷いた。

日が暮れた。

山谷堀は、新吉原に行く客を乗せた舟の明かりで賑わった。

陽炎、烏坊、猿若は、高島藩江戸下屋敷を見張り続けた。

編笠を被った武士、托鉢坊主、職人、お店者《たなもの》……。

様々な姿をした男たちが数人ずつ高島藩江戸下屋敷から現れ、日本堤を隅田川に向かった。

「甲賀忍びの者共だ……」

陽炎は読んだ。

「ええ……」

烏坊と猿若は、喉を鳴らして頷いた。

「数人ずつ別れて深川に行くのだろう」

陽炎は読んだ。

僅かな刻が過ぎた。

甲賀如月兵衛が配下を従えて高島藩江戸下屋敷から現れ、山谷堀の船着場に向かった。

「如月兵衛だ……」

陽炎は見定めた。

「はい……」

猿若は頷いた。

如月兵衛は、船着場に繋いであった猪牙舟に乗り、山谷堀を隅田川に向かった。

「よし。烏坊、深川に走り、左近の助勢をしろ。私と猿若は手筈通りに高島藩江戸下屋敷に忍び込む」

陽炎は告げた。

「心得ました。じゃあ……」

烏坊は、日本堤を走り去った。

陽炎は見送った。

「陽炎さま……」

猿若は、陽炎を促した。

「よし。猿若、高島藩江戸下屋敷に忍び込む」

「心得ました」

陽炎は、猿若を従えて日本堤を下り、高島藩江戸下屋敷に向かった。

高島藩江戸下屋敷の甲賀忍びの結界は消え、家来たちの警備だけが残った。

家来たちの警戒は緩い……。

陽炎と猿若は見定め、江戸下屋敷の裏手に廻った。そして、長屋塀の屋根に跳び、家来たちによる屋敷内の警戒を検めた。

半刻に一度の見廻り……。

陽炎と猿若は見定め、長屋塀の屋根伝いに並ぶ土蔵に進んだ。

土蔵は三棟あり、屋敷の横手に並んでいた。

陽炎と猿若は暗がりに潜み、土蔵の周囲を窺った。

土蔵の周囲に見張りの家来はいなく、取り立てて警戒はない。

陽炎と猿若は見定め、三棟並ぶ最初の土蔵に走った。

猿若は、最初の土蔵の戸に駆け寄り、錠前はずしで掛けられた錠前を外し始めた。

陽炎は、周囲を見張った。

小さな音が鳴り、錠前が外れた。

「陽炎さま……」

猿若は、嬉しさに声を僅かに弾ませた。

「うん……」

陽炎と猿若は、錠前を外した戸を開けて土蔵の中に忍び込んだ。

土蔵の中は暗かった。

「木箱だ……」

「はい……」

陽炎と猿若は、左近が見た運び込まれた幾つかの木箱を探した。だが、土蔵の中には米俵、塩袋などが積まれているだけで、運び込まれた筈の木箱はなかった。

「陽炎さま……」

「うん。次の土蔵だ」

陽炎は見極め、二棟目の土蔵を検める事にした。

深川十万坪は月明かりに照らされ、吹き抜ける風向きによって岡場所《おかばしょ》の賑わいが微かに聞こえていた。

田畑を流れる水路の傍にある道具小屋は暗く、静けさに覆われていた。

左近は、小屋の屋根に忍び、周囲の暗い田畑を窺っていた。

周囲の暗い田畑には、微かに人の気配が窺えた。

甲賀忍びの見張り……。

左近は睨んだ。


四人の甲賀忍びは、道具小屋を四方から見張っていた。

源七が、見張りの甲賀忍びの許に現れた。

「どうだ……」

「小屋に入ったまま、動きはありません」

見張りの甲賀忍びは告げた。

「そうか。ならば、此のまま見張りを続けろ」

源七は、見張りの甲賀忍びに云い残して闇に消えた。

陽炎と猿若は、二棟目の土蔵にも運び込まれた木箱はないと見極め、三棟目の土蔵に忍び込んだ。

三棟目の土蔵には、多くの刀や槍、弓や矢などの武器が仕舞われていた。

武器の中には、大筒《おおづつ》や鉄砲もあった。

「陽炎さま……」

猿若は、並べられた鉄砲の一挺《ちょう》を手に取って検め、怪訝《けげん》な面持ちで陽炎に見せた。

「鉄砲、火縄銃じゃありませんよ」

猿若は、戸惑いを浮かべた。

「何……」

陽炎は、鉄砲を手に取って検めた。

鉄砲は先込め銃ではなく、元込め銃だった。

「元込め銃だ……」

陽炎は見定めた。

「元込め銃……」

猿若は眉をひそめた。

「うむ。南蛮渡りの禁制品《きんせいひん》だ」

陽炎は見定めた。

「じゃあ、抜け荷は此奴《こいつ》ですか……」

猿若は読んだ。

「きっとな。他にもあるか……」

陽炎は訊いた。

猿若は、並ぶ鉄砲を調べた。

「元込め銃は八挺あります」

猿若は知らせた。

「八挺……」

陽炎は眉をひそめた。

左近が見た運び込まれた木箱は七、八個だ。

木箱一箱に元込め銃が四挺入っているとしたら、全部で三十挺程があって良い筈だ。だが、此処には八挺の元込め銃しかない。

陽炎は読んだ。

「元込め銃、あと二十挺ぐらいあっても良い筈ですね」

猿若は読んだ。

「ああ。そいつが何処にあるのかだ……」

陽炎は、厳しい面持ちで頷いた。

俄羅斯《オロシャ》からの抜け荷の品は、元込め銃に違いないのだ。

高島藩は元込め銃を抜け荷し、下屋敷にいる隠居の一色白翁に支配させているのかもしれない。

一色白翁は、甲賀如月一族に抜け荷の手伝いをさせているのだ。

陽炎は睨んだ。

「ひょっとしたら、抜け荷の元込め銃、取引に備えて表《おもて》御殿にあるのかも……」

猿若は睨んだ。

「表御殿か……」

「ええ……」

猿若は頷いた。

何《いず》れにしろ見定めなければ話にならない……。

「よし、表御殿に忍び込もう」

陽炎は決めた。


深川十万坪は静寂に満ちた。

左近は道具小屋の屋根に忍び、周囲の闇を窺っていた。

周囲の闇は、微かに揺れ続けていた。

甲賀忍びの者たちが取り囲んだ……。

左近は見定めた。

おそらく、甲賀如月兵衛も現れ、甲賀忍びは攻撃を開始する。

左近は読んだ。

よし……。

左近は冷笑を浮かべ、道具小屋の屋根から音もなく消えた。

甲賀如月兵衛は、田畑の中の暗い道具小屋を見詰めた。

「兵衛さま、配下の者共、道具小屋を取り囲みました」

源七が現れ、田畑の中の道具小屋を見詰める如月兵衛に告げた。
「よし。一気に攻め込め……」
兵衛は命じた。
「はっ……」
源七は頷き、夜空に梟《ふくろう》の鳴き声を響かせた。
道具小屋の周囲の闇が揺れ、殺気が湧いた。
兵衛は、冷徹な面持ちで道具小屋を見詰めた。
殺気は満ちた。
道具小屋の裏手の闇が揺れ、甲賀忍びの者たちが田畑の中から現れた。
刹那、甲賀忍びの者の一人が、飛来した棒手裏剣を首に受けて仰け反り倒れた。
仲間の甲賀忍びの者は狼狽えた。
左近が現れ、狼狽えた甲賀忍びの者たちに跳び掛かり、両手の苦無《くない》を煌めかせた。
二人の甲賀忍びの者が倒れた。
残った甲賀忍びの者たちは、左近に十字手裏剣を放った。

左近は、田畑の緑に身を伏せて隠れた。
甲賀忍びの者たちは、左近の隠れた田畑の緑に十字手裏剣を打ち込んだ。
次の瞬間、左近が甲賀忍びの者たちの背後に現れ、両手の苦無を振るった。
甲賀忍びの者たちが倒れた。

数人の甲賀忍びの者たちは、道具小屋に斬り込んだ。
刹那、道具小屋の中に音もなく閃光が走った。
取り囲んでいた甲賀忍びの者たちは、咄嗟に田畑の緑に伏せた。
斬り込んだ甲賀忍びの者たちは、閃光に弾き飛ばされ、道具小屋は一瞬で崩れ落ちた。
左近は、襲って来る甲賀忍びの者に対して炸裂玉《さくれつだま》を仕掛けていたのだ。
源七は驚き、呆然と見詰めた。
「おのれ……」
如月兵衛は、粉々に弾け飛んで崩れた道具小屋を悔しげに見据えた。
左近は、田畑の中に立ち上がった。

源七は気が付き、十字手裏剣を放った。
左近は、夜空に跳んで躱《かわ》した。
源七は、左手で忍び刀を抜いて左近に襲い掛かった。
左近は、跳び下りながら無明刀を一閃した。
源七は、身を投げ出して躱した。
甲賀忍びの者たちが、それぞれの得物《えもの》を構えて左近に殺到した。
左近は走り、無明刀を縦横に閃かせた。
甲賀忍びの者は斬られ、次々に退いた。
「おのれ……」
源七は、左近に猛然と斬り掛かった。
左近は無明刀を唸らせた。
火花が散り、田畑の緑が千切れ、土塊が飛んだ。
源七は、左手で忍び刀を唸らせ、必死に左近と斬り結んだ。
甲賀忍びの者は、源七と斬り結ぶ左近に背後から斬り掛かった。
左近は、振り返り様《ざま》に無明刀を放ち、背後から斬り掛かった甲賀忍びの者を斃した。

今だ……。

源七は、左近に背後から斬り付けた。

左近は、咄嗟に無明刀を肩に担いで蹲《うずくま》った。

源七は、蹲った左近に覆い被さった。

その背中に無明刀の鋒《きつさき》が突き出た。

源七は、顔を歪めて凍て付いた。

左近は、転がるように源七の身体の下から逃れ、無明刀を構えた。

源七は崩れ落ち、絶命した。

甲賀忍びの者たちは身構えた。

如月兵衛が進み出た。

「甲賀如月兵衛だ。おのれ、何者だ……」

「はぐれ忍び、日暮左近……」

左近は名乗った。

「日暮左近……」

兵衛は眉をひそめた。

「如月兵衛、高島藩江戸下屋敷の隠居一色白翁と何をしているのかな」

左近は笑った。

「何……」

兵衛は、微かに戸惑った。

「ま、良い。ではな……」

左近は、不敵に笑って田畑の闇に跳んで消えた。

甲賀忍びの者たちが追い掛けようとした。

刹那、夜空に鳥のような影が飛び、甲賀忍びの者たちに炸裂玉を投げ込んだ。

甲賀忍びの者たちは伏せた。

炸裂玉が閃光を放った。

閃光は直ぐに治まり、鳥のような影は消え去っていた。

「もう良い。仲間がいるようだ。引き上げる」

兵衛は命じた。

甲賀忍びの者たちは頷き、深手《ふかで》を負った仲間を助け、源七たち息絶えた者を運び始めた。

「はぐれ忍びの日暮左近か……」

兵衛は悔しげに呟いた。

左近は、道具小屋に炸裂玉を仕掛け、襲撃を待ち構えていたように現れた。
襲撃に気が付いていたのか……。
兵衛は、思いを巡らせた。
襲撃は、源七が噂を本当だと確かめて決めた事だ。
噂……。
兵衛は眉をひそめた。
噂は、兵衛たち甲賀忍びを深川に誘き出す為に作られたものかもしれない。
もし、そうなら何故だ……。
兵衛は読んだ。
高島藩江戸下屋敷の甲賀忍びの結界を解かせ、忍び込み易くする為か……。
日暮左近には仲間がいた。
おのれ……。
兵衛は睨み、高島藩江戸下屋敷に急いで戻る事にした。
岡場所の賑わいが風に乗って流れて来た。
高島藩江戸下屋敷の表御殿に人の気配はなかった。

陽炎と猿若は、書院の雨戸を問外《といかき》で開けて表御殿に忍び込んだ。

表御殿は政務を司《つかさど》る処だが、下屋敷の表御殿にその役目はない。

奥御殿は藩主一族の住まいであり、高島藩江戸下屋敷としては、藩主一色頼信の叔父である隠居の一色白翁が愛妾《あいしょう》と僅かな近習《きんじゅう》と暮らしている。

抜け荷の品の元込め銃があるとしたら表御殿の何処かだ……。

陽炎と猿若は、表御殿の連なる座敷を探し歩いた。

刻は過ぎた。

陽炎と猿若は探した。

だが、抜け荷の品の元込め銃は容易に見付からず、刻が過ぎるばかりだった。

「陽炎さま……」

猿若は焦り始めた。

「猿若、左近は己の命を餌にして甲賀忍びを誘い出したのだ。何としてでも見定める……」

陽炎は、連なる座敷を検め続けた。

「はい……」

猿若は、陽炎に倣《なら》って探し続けた。

陽炎は、奥御殿の端の座敷に忍び込んだ。

端の座敷には、五つの木箱が積まれていた。

「猿若……」

陽炎は、猿若を呼んだ。

猿若は、木箱の蓋を素早く抉《こ》じ開けた。

木箱の中には、四挺の元込め銃が納められていた。

「陽炎さま……」

猿若は、緊張した声をあげた。

「あった……」

陽炎は微笑んだ。

「はい。一箱に元込め銃が四挺。五箱で二十挺です」

「うむ。元に戻せ……」

陽炎は命じた。

「はい……」

猿若は、蓋を元に戻した。

「よし。引き上げる……」

陽炎は、元込め銃が抜け荷の品だと見定めて奥御殿から脱出した。

高島藩江戸下屋敷は静けさに沈んでいた。

第四章　柳森稲荷

一

鉄砲洲波除稲荷の境内には、江戸湊の潮騒が染みるように響いていた。
公事宿『巴屋』の寮に明かりが灯された。
左近は行燈に火を灯し、竈《かまど》で湯を沸かし始めた。
烏坊が現れた。
「やあ、後詰をしてくれたようだな」
左近は笑い掛けた。
「陽炎さまの指図です。如月兵衛、こっちの狙いに気が付いたのか、早々に引き上げて行きました」

　烏坊は報せた。

「そうか。御苦労だったな」

　左近は頷いた。

「いえ……」

　烏坊は、台所の水甕《みずがめ》から水を汲み、手足を洗った。

　台所の板戸が小さく叩かれた。

「何方《どなた》だ……」

　左近が声を掛け、烏坊が苦無《くない》を握って板戸の傍に素早く寄った。

「私だ……」

　板戸の外に陽炎の声がした。

　烏坊は板戸を開けた。

　陽炎と猿若が素早く入って来た。

　左近、陽炎、烏坊、猿若は、酒を飲んだ。

「して、陽炎。抜け荷の品らしき物、高島藩江戸下屋敷にあったか……」

左近は尋ねた。

「うむ。元込め銃があった……」

陽炎は告げた。

「元込め銃……」

左近は眉をひそめた。

「ああ。木箱一つに四挺、五箱で二十挺だ」

陽炎は苦笑した。

「そうか、元込め銃か……」

左近は頷いた。

「俄羅斯《オロシャ》から陸奥高島藩の国許に抜け荷して江戸下屋敷に運んだと思われます」

猿若が告げた。

「うむ……」

「その二十挺の元込め銃、何処の誰が買うのかですね」

烏坊は眉をひそめた。

「分からないのは、そこだ……」

陽炎は頷いた。

「ならば、どうします」

猿若は、今後の出方を窺った。

「うむ。高島藩の抜け荷と甲賀忍び、秩父忍びの陽炎たちや私には拘わりのない事。手を引くのなら、奴らの弱味を摑んだ今だ……」

弱味を握られて口封じを焦り、下手に攻撃すれば公儀《こうぎ》に通報されるかもしれない。それを恐れ、此のまま手出しをせずに放置し、事を荒立てない筈だ。

左近は、己の睨みを陽炎、烏坊、猿若に教えた。

「左近はどうするのだ……」

陽炎は、左近を見据えた。

「私は此のまま手を引こうかと思っているが、甲賀如月兵衛、果たして簡単に引かせてくれるかどうか……」

左近は苦笑した。

「左近……」

陽炎は、左近を見詰めた。

「未だ死ぬつもりはない。降り掛かる火の粉は振り払わなければならぬ……」

左近は告げた。

「火の粉を振り払う……」

陽炎は眉をひそめた。

「うむ。甲賀如月兵衛を斃し、抜け荷の上前《うわまえ》を撥《は》ねてくれる」

左近は笑った。

「そいつは面白い、手伝うぞ」

陽炎は、身を乗り出した。

「陽炎、相手は諸国に根を張る老舗の甲賀忍び、秩父忍びと知れれば、即座に粉砕されるやもしれぬ……」

左近は読んだ。

「左近、それはお前も同じ……」

「陽炎、私ははぐれ忍びの日暮左近だ……」

左近は、不敵な笑みを浮かべた。

甲賀如月兵衛は、高島藩江戸下屋敷に戻って配下の宗竜《そうりゅう》を呼び、屋敷内に忍びの者が忍び込んだ痕跡を急ぎ探せと命じた。

「心得ました」

宗竜は、頷いて消えた。

「兵衛どの……」

高島藩江戸下屋敷留守番頭の吉崎監物が訪れた。

「此れは吉崎どの……」

兵衛は迎えた。

「兵庫を斃した忍びの者を深川で見付け、恨みを晴らしに行ったそうだな」

吉崎は尋ねた。

「うむ。だが、兵庫を斃した程の手練れの忍び、まんまと逃げられた」

兵衛は苦笑した。

「逃げられた……」

吉崎は眉をひそめた。

「吉崎どの、その忍び、高島藩の抜け荷を探っているのかもしれぬ」

兵衛は、吉崎を見据えて告げた。

「な、何だと……」

吉崎は驚き、狼狽《うろた》えた。

「今、その痕跡が残されているかどうか、調べさせている」

「そうか……」

「吉崎どの、取引は三日後……」

「如何《いか》にも……」

吉崎は、喉を鳴らして頷いた。

「屋敷の警戒を厳重にし、御隠居さまの身辺に変わった事がないか、検めるのだな」

兵衛は告げた。

「心得た……」

吉崎は、慌ただしく立ち去った。

「兵衛さま……」

宗竜が、次の間に現れた。

「どうだった……」

「はい。屋敷内や土蔵の錠前に変わった様子は見受けられませんでしたが、表御殿の抜け荷の品物を置いてある座敷の襖《ふすま》の封印《ふういん》が外れていました……」

宗竜は、白い手拭いの間に挟んだ一本の毛髪を見せた。

「封印が外れていた……」

兵衛は眉をひそめた。

「はい。自然に外れ落ちたのか、それとも外されたのか……」

宗竜は、微かな嘲りを浮かべた。

「うむ。して、品物は……」

「はい。品物の入った木箱を調べたのですが、蓋《ふた》は釘で打ち付けられており、中の品物にも変わったところはありませんでした」

宗竜は告げた。

「だが、封印は外れていたか……」

兵衛は苦笑した。

「はい。もし、何者かが忍び込んだとしたなら、かなりの手練れの忍びの者。忍び込んだ痕跡など残しはしないかと……」

宗竜は読んだ。

「よし。宗竜、結界を厳しくし、抜け荷の品物を置いてある座敷に見張りを付け、はぐれ忍びの日暮左近を追え……」

兵衛は命じた。

「心得ました……」

宗竜は、平伏して立ち去った。

「おのれ、日暮左近……」

兵衛は、その眼に冷酷さを滲《にじ》ませた。

燭台《しよくだい》の火は、蒼白《あおじろ》く瞬いた。

「何、抜け荷を探っている忍びの者がいるとな……」

高島藩隠居一色白翁は、白髪眉をひそめた。

「はい。それ故《ゆえ》、如月兵衛、御前さまと下屋敷の警護を厳しくすると……」

留守番頭の吉崎監物は、厳しい面持ちで告げた。

「おのれ……」

「御前さま、取引は三日後、それ迄は……」

「吉崎……」

白翁は、嗄れ声で遮った。

「はい……」

「如月兵衛を呼べ……」

白翁は、狡猾《こうかつ》な笑みを浮かべた。

柳原通りの柳並木は、神田川から吹く川風に緑の枝葉を一様に揺らしていた。

柳森稲荷前の空き地の奥にある葦簀張りの店では、亭主の嘉平が日雇い仕事に溢《あぶ》れた人足たちに安酒を飲ませていた。

「父っつあん、お代わりを頼む……」

裏の縁台《えんだい》で飲んでいた人足が、空になった湯呑茶碗を持って葦簀を潜り、嘉平の許に来た。

「おう……」

嘉平は、空の湯呑茶碗に安酒を満たしてやった。

人足は、湯呑茶碗に満たされた安酒を嬉しそうに啜った。

「ああ、美味い……」

人足は笑った。

「五文《もん》だ……」

嘉平は告げた。

「おう……」

人足は、一朱銀《しゅぎん》を差し出した。

一朱は十六分の一両であり、日雇い人足風情には大金だ。

「釣りはないぜ……」

嘉平は、日雇い人足が忍びの者だと読んだ。

「ああ……」

日雇い人足は頷いた。

「よし。で、何が訊きたい……」

嘉平は、一朱銀を懐に入れた。

「はぐれ忍びの日暮左近って奴の噂だ」

日雇い人足は告げた。

「はぐれ忍びの日暮左近か……」

日雇い人足は甲賀忍びの者であり、左近の素性を調べ始めたのだ。

嘉平は気が付いた。

「ああ。どんな噂がある……」

「忍びの腕は無論、剣も凄腕《すごうで》でな。今迄に幾つもの忍びを叩き潰したって噂だ」

嘉平は笑った。

「そんな凄腕なのか……」

日雇い人足は、緊張を滲《にじ》ませた。

「ああ。下手に仕掛けると、いつの間に息の根を止められるって、専《もっぱ》らの噂だ」

「塒《ねぐら》は何処だ……」

「さあて、そいつは聞いていないな」

嘉平は首を捻った。

「じゃあ、今、何をしているのかな……」

「噂じゃあ、甲賀忍びの竜咜の毒爪を受けたが、どうにか凌《しの》いだそうだ」

嘉平は、甲賀忍びが知っている事を噂として流した。

「うむ……」

日雇い人足は頷いた。

嘉平の告げる噂は本当の事だ……。

「で、甲賀忍びに恨みを晴らそうとしているって噂だ」

嘉平は笑った。

「日暮左近の仲間は……」

日雇い人足は尋ねた。

「はぐれ忍びに仲間はいない……」

「仲間はいない……」

日雇い人足は戸惑った。

「ああ。仲間が必要な時は、はぐれ忍びを金で雇う迄だ」

嘉平は告げた。

「成る程。じゃあ、左近に雇われたはぐれ忍びは……」

「噂じゃあ、加賀《かが》忍びの才蔵《さいぞう》……」

嘉平は、かつて左近と闘って滅び去った忍びの者の名を告げた。

「加賀忍びの才蔵……」

日雇い人足は眉をひそめた。

「ああ。だが噂だ、噂……」

嘉平は笑った。


「日暮左近、それ程の忍びなのか……」

甲賀如月兵衛は眉をひそめた。

「はい。配下の者共がはぐれ忍びに密かに訊き込んだところ、忍びも剣も恐ろしい程の遣い手で、今迄に諸国の忍びの者と渡り合い、斃して来たとか……」

宗竜は報せた。

「そうか……」

兵衛は頷いた。

「その日暮左近、何を企んでいるのか……」

宗竜は首を捻った。

「宗竜、何れにしろ日暮左近は、御前さまの抜け荷の邪魔者。見付け次第、殺せ……」

兵衛は、冷たい笑みを浮かべた。

「ですが、居場所も塒も分からぬ限りは……」

「噂だ。噂を使うのだ……」

宗竜は困惑した。

「噂ですか……」

「うむ。その柳森の嘉平なる年寄りに噂を流し、流させる……」

兵衛は告げた。

「嘉平に噂を流させる……」

宗竜は戸惑った。

「うむ。そして、嘉平から日暮左近に伝わるようにな」

「して、どのような噂を……」

宗竜は眉をひそめた。

「抜け荷の取引が急に今夜に変わり、甲賀如月の忍びの動きが慌ただしいとな」

兵衛は、狡猾な笑みを浮かべた。

「その噂を柳森の嘉平に流し、左近に伝えますか……」

宗竜は読んだ。

「うむ。そして、日暮左近は今夜、我らの前に現れる……」

兵衛は、楽しそうに笑った。


柳原通りの柳の葉は西日に煌めいた。

托鉢坊主姿の烏坊は、柳原通りから柳森稲荷に曲がり、露店の奥の嘉平の葦簀張りの店に入った。

「おう、来たか……」

嘉平は迎えた。

「親父さん、酒を……」

烏坊は頼んだ。

「おう……」

嘉平は、湯呑茶碗に酒を満たして烏坊に差し出した。

烏坊は、湯呑茶碗の酒を啜って戸惑った。

「水で割って薄くしてある……」

嘉平は笑った。

「造作を掛けます」

烏坊は礼を述べた。

「面白い噂が流れて来たぜ……」

「面白い噂……」

「ああ。何かが急に今夜になり、甲賀如月の忍びが忙しく動いているってな」

嘉平は告げた。

「何かが急に今夜になった……」

烏坊は眉をひそめた。

「ああ。何かってのは、おそらく抜け荷の取引の事だな」

嘉平は読んだ。

「ええ。そいつが急に今夜になった……」

烏坊は頷いた。

「うん。だが、烏坊、此の噂、何処迄《どこまで》信じられるかどうかだ……」

嘉平は眉をひそめた。

「親父さん……」

「ひょっとしたら、左近を誘《おび》き出す為の噂かもしれねえ……」

「そうか……」

「ま、噂に乗るかどうかは、左近の決める事だがな……」

嘉平は苦笑した。

庭に面した障子は、夕陽に赤く染まった。

「抜け荷は今夜……」

左近は眉をひそめた。

「はい。ですが、嘉平の親父さんは、その噂、信じられるかどうかと……」

烏坊は告げた。

「そうか。甲賀如月兵衛が左近を誘き出す為に流した噂かもしれぬか……」

陽炎は読んだ。

「はい。で、猿若から何か報せは……」

烏坊は、高島藩江戸下屋敷を見張っている猿若の動きを尋ねた。

「何もない……」

「そうですか。下屋敷の甲賀忍びの者が動けば、猿若から報せがあっても良いんすがね」

烏坊は首を捻った。

「ならば、此の噂は誘き出す為の……」

陽炎は、厳しさを滲ませた。

「乗ってみる……」

左近は告げた。

「左近……」

「左近さま……」

陽炎と猿若は戸惑った。

「噂がどうであろうが、乗ってみる……」

左近は、夕陽に顔を赤く染めて不敵に云い放った。

二

日が暮れ、山谷堀には行き交う船の明かりが映えた。

猿若は、日本堤の木立の陰に潜んで高島藩江戸下屋敷を見張っていた。

高島藩江戸下屋敷に動きはなかった。

猿若は、欠伸《あくび》を嚙み殺した。

刹那《せつな》、背後に人の気配が湧いた。

猿若は振り返った。

左近と烏坊が、日本堤の暗がりに現れた。

「左近さま、烏坊……」

「猿若、下屋敷に変わりはないか……」

左近は尋ねた。

「はい。時々家来たちが出入りしているぐらいです……」

猿若は告げた。

左近と烏坊は、猿若の傍に進んで高島藩江戸下屋敷を見据えた。

「噂では今夜、取引をするそうだ」

左近は告げた。

「えっ……」

猿若は戸惑った。

「そんな気配は……」

猿若は、高島藩江戸下屋敷を見詰めた。

高島藩江戸下屋敷の表門が開いた。

左近、烏坊、猿若は、木陰に潜んだ。

人足に引かれた大八車が数人の武士に護られ、表門から出て来た。

大八車には五個の木箱が積まれていた。

「左近さま、元込め銃の入った木箱です」

猿若は告げた。

「間違いないか……」

左近は、田畑の中の田舎道を南に進む大八車を見ながら念を押した。

「は、はい……」

猿若は、躊躇《ためら》いがちに頷いた。

「ま、良い……」

左近は苦笑した。

「左近さま……」

烏坊は、左近に指図を仰いだ。

「よし。俺が追う。後を頼むぞ」

左近は、烏坊と猿若に命じて田舎道を行く大八車一行を追った。

烏坊と猿若は、左近を見送って高島藩江戸下屋敷の見張りに就いた。

田畑の中の田舎道は、新吉原の横手から浅草新寺町《しんてらまち》に続いている。

大八車は田舎道を進んだ。

左近は追った。

大八車を引く人足も警護の武士も甲賀忍びの者だ。

左近は睨み、追った。

高島藩江戸下屋敷の表門が再び開いた。

烏坊と猿若は身構えた。

小者たちが、表門から大八車を引いて出て来た。

大八車には、五個の木箱が積まれていた。

「烏坊……」

猿若は、戸惑いを浮かべた。

「ああ。さっきの大八車と同じだ」

烏坊は眉をひそめた。

五個の木箱を積んだ大八車は、警固の武士に護られて日本堤を隅田川に向かった。

「よし。俺が行き先を突き止める」

猿若は意気込んだ。

「猿若、行き先を突き止めるだけだぞ」

烏坊は釘を刺した。

「心得た……」

猿若は、日本堤の斜面を下りて大八車の一行を追った。

烏坊は見送り、高島藩江戸下屋敷の見張りを続けた。

高島藩江戸下屋敷は表門を閉じた。

緑の田畑は、月明かりを浴びて妖しく輝き、田舎道は続いた。

左近は、大八車一行を追った。

大八車は停まった。

どうした……。

左近は、田舎道に身を屈めて停まった大八車を見詰めた。

周囲の田畑から殺気が湧いた。

甲賀忍びの待ち伏せだ。

やはり誘き出す囮《おとり》か……。

左近は苦笑し、立ち上がった。

田畑の闇から十字手裏剣が次々に飛来した。

左近は、田畑の緑に伏せた。

十字手裏剣が、左近の頭上を次々と飛び抜けた。

左近は、田畑の緑に伏せたまま素早く前進し、大きく位置を変えた。そして、地を蹴り、夜空に跳んだ。

田畑に忍んでいた甲賀忍びの者たちは、思わぬ処から現れた左近に狼狽えた。

左近は、夜空から棒手裏剣を放った。
甲賀忍びの者たちは、左近の放った棒手裏剣を受けて倒れた。
左近は、田畑に着地して緑に伏せた。
次の瞬間、甲賀忍びの者たちは左近の潜んだ田畑の緑に炸裂弾《さくれつだん》を投げた。
炸裂弾は閃光を放ち、音もなく爆発した。
左近は仰け反った。
爆発の閃光が瞬《また》き、硝煙《しょうえん》が渦を巻いた。
炸裂弾は、次々と閃光を放って音もなく爆発し、左近を飲み込んだ。
田畑の緑が千切れ、土塊が飛んだ。
炸裂弾の爆発は続いた。
左近は、閃光と硝煙の中に消えた。
やがて、爆発の閃光が消え、漂う煙が薄れ始めた。
甲賀忍びの者は、幾つもの爆発に荒れた田畑を取り囲んでいた。
甲賀忍びの宗竜が現れた。
「捜せ……」
宗竜は命じた。

甲賀忍びの者たちは、荒れた田畑に左近を捜し始めた。

宗竜は、厳しい面持ちで見守った。

甲賀忍びの者たちは、左近を捜すと共に斃された仲間の死体を片付けた。

焼け焦げた甲賀忍びの死体が運ばれ、その下の地面には細い竹の棒が僅かに突き出されていた。

甲賀忍びの者たちは捜した。

宗竜は見守った。

緑の田畑の向こうの町に、呼子笛の甲高い音が響き始めた。

山谷堀沿いの日本堤を浅草に向かった大八車は、新吉原の大門《おおもん》前を元吉町《もとよしちょう》の通りに曲がった。

何処に行く……。

猿若は尾行《つけ》た。

大八車一行は、元吉町を抜けて千住街道を横切り、尚も進んだ。

此のまま進めば浅草橋場町《はしばちょう》だ……。

猿若は、慎重に尾行た。

浅草橋場町は隅田川沿いにあり、田畑と寺の多い町だ。
大八車一行は橋場町に入り、隅田川沿いにある古寺の山門を潜った。
猿若は見届け、古寺の土塀に跳び上がって境内を窺った。
大八車は本堂横手の戸口の前に停まり、小者たちが木箱を寺の中に運び込んでいた。
木箱の中身が抜け荷の元込め銃なら、左近が追った大八車には何が積まれているのだ。
猿若は眉をひそめた。
甲賀如月兵衛が本堂から現れ、階《きざはし》から小者たちが木箱を運び込むのを見守った。
甲賀如月兵衛……。
猿若は緊張した。
如月兵衛が此処にいるのは、木箱の中身が元込め銃に間違いないからだ。
だとしたら……。
左近が追った大八車は、誘き出す為の囮だったのだ。

猿若は気が付き、土塀から飛び下りた。

そして、山門に走って古い扁額《へんがく》を見上げた。

古い扁額には、『香峰寺』と書かれていた。

「香峰寺《こうほうじ》……」

猿若は、古寺の扁額を読んで身を翻した。

板の間には五個の木箱が積まれていた、
如月兵衛は、木箱から一挺の元込め銃を出して検めた。

「元込め銃か……」

兵衛は、元込め銃を感心したように見廻した。

「兵衛さま……」

「宗竜か……」

兵衛は、板の間の暗がりを見詰めた。

「はい……」

宗竜が暗がりに現れた。

「首尾《しゅび》は……」

兵衛は、宗竜に厳しく見据えた。

「日暮左近、伏せてあった忍びの者共の炸裂弾攻に遭い、爆発の中に姿を消しました」

宗竜は笑った。

「逃げられたのではあるまいな……」

「爆発の周囲は、甲賀忍びで固めておりました。その御懸念はないものかと……」

「ならば、炸裂弾の餌食《えじき》になったか……」

「おそらく、五体を吹き飛ばされたものかと。今、配下の者共がその証を探しております」

「そうか。御苦労だったな」

兵衛は笑った。

「浅草橋場の古寺『香峰寺』か……」

陽炎は眉をひそめた。

「はい。如月兵衛、抜け荷の元込め銃の入った木箱、左近さまを誘き出し、密かに『香峰寺』に移しました」

猿若は報せた。

「そうか。浅草橋場町は隅田川沿い、船を使えば取引もし易いか……」

陽炎は睨んだ。

「はい。きっと……」

猿若は頷いた。

「よし。此の事、左近が戻ったら伝えておく。猿若は浅草橋場町の『香峰寺』を見張れ」

陽炎は命じた。

高島藩江戸下屋敷の潜り戸が開き、頭巾を被った武士が二人の供侍を従えて出て来た。

誰だ……。

烏坊は眉をひそめた。

頭巾を被った武士は、二人の供侍を従えて日本堤を隅田川に向かった。

体格や身のこなし、供侍などから見て、頭巾を被った武士は、高島藩江戸下屋敷留守番頭の吉崎監物だ。

烏坊は読んだ。

よし……。

烏坊は、二人の供侍を従えて日本堤を行く頭巾の武士を追った。


隅田川には様々な船が行き交った。

古寺『香峰寺』の本堂からは、住職の浄海《じょうかい》の読む経が朗々と響いていた。

猿若は、周囲の寺の寺男《てらおとこ》に小粒を握らせて古寺『香峰寺』に付いて聞き込んだ。そして、住職の浄海と寺男の梅次《うめじ》がいるのを知った。

猿若は、古寺『香峰寺』を見張り続けた。

古寺『香峰寺』には、甲賀如月兵衛と配下の甲賀忍びが既に潜んでいる筈だ。

だが、甲賀忍びの結界は張られていない。

猿若は戸惑った。

結界を張っていないのは、攻撃を仕掛けて来る敵がいないという事だ。

偽の抜け荷の品物で誘き出された左近はどうしたのだ。

結界が張られていないのは、左近が攻撃を仕掛けて来ないと思っているからなのだ。
猿若は読んだ。
まさか……。
猿若は、己の読みの行き着く先に戸惑った。
左近さまに限ってそんな筈はない……。
猿若は、慌てて己の読みを否定した。
頭巾を被った武士が、二人の供侍を従えてやって来た。
猿若は、物陰に身を潜めて見守った。
頭巾を被った武士と二人の供侍は、古寺の『香峰寺』の山門を潜った。
抜け荷の相手か……。
猿若は緊張した。
闇を揺らして烏坊が現れた。
頭巾を被った武士たちを追って来たのだ。
猿若は、烏坊に合図した。
烏坊は、猿若に気が付いて素早く駆け寄って来た。
「烏坊、何者だ……」

「おそらく、高島藩江戸下屋敷の留守居番頭の吉崎監物だ」

「吉崎監物……」

「ああ。で、此の寺は……」

烏坊は眉をひそめた。

「うん。如月兵衛たちが抜け荷の木箱を運び込んだ」

猿若は告げた。

「じゃあ、左近さまが追ったのは……」

「おそらく誘き出す囮……」

猿若は、己の睨みを告げた。

「囮。じゃあ、左近さまは……」

烏坊は緊張した。

「分からない……」

猿若は、首を横に振った。

「そうか……」

烏坊は、厳しい面持ちで古寺『香峰寺』を見詰めた。

「ひょっとしたら、元込め銃の取引は、今日此れからなのかもしれぬ」

猿若は睨んだ。

古寺『香峰寺』は山門を閉め、甲賀忍びが結界を張った。

「猿若……」

烏坊は、素早く後退して物陰に隠れた。

猿若が続いた。

「甲賀忍びが結界を張ったところをみると、取引が此れからなのは、間違いあるまい」

烏坊は読んだ。

「うん。取引の相手が何処の誰かだな……」

「ああ。そいつは、おそらく船で来るのだろうな」

猿若は緊張した。

烏坊は読み、隅田川の船着場を見た。

隅田川を遡《さかのぼ》って来た屋根船は、浅草橋場町の船着場に船縁を着けた。

初老の武士が障子の内から現れ、四人の供侍と長持《ながもち》を担いだ小者たちを従えて古寺の『香峰寺』に赴《おもむ》いた。

初老の武士の供侍は、古寺『香峰寺』の閉じられた山門を叩いた。

高島藩の家来たちが山門を開け、初老の武士一行を境内に招き入れた。

烏坊と猿若は見守った。

「取引を見届けなければ……」

猿若は焦った。

「だが、甲賀忍びの結界はどうする。破っても取引を見届けられるかどうか……」

烏坊は、迷い苛立った。

「烏坊、猿若……」

陽炎が現れた。

「陽炎さま……」

「うん。取引を見届ける。手を出すな」

陽炎は止めた。

「は、はい……」

烏坊と猿若は、戸惑いながら頷いた。

「陽炎さま、左近さまは……」

烏坊は案じた。

「心配するな。既に高島藩の抜け荷の儲けの上前を撥ねる仕度をしている」

陽炎は笑った。

「そうですか……」

烏坊と猿若は安堵を浮かべた。

「で、烏坊、猿若、抜け荷の元込め銃、買うのは何処の誰か突き止めろ」

陽炎は命じた。

「分かりました。奴らの屋根船を追う船を用意します」

烏坊は告げた。

「うん。急げ」

陽炎は頷いた。

烏坊は走り去った。

陽炎と猿若は、古寺『香峰寺』を見張った。

高島藩江戸下屋敷前の山谷堀の向こうには、下谷《したや》通新町《とおりしんまち》の浄閑寺《じょうかんじ》があった。

左近は、浄閑寺の本堂の屋根に忍んで高島藩江戸下屋敷を窺っていた。

高島藩江戸下屋敷は、甲賀忍びの結界もなく警戒は緩んでいた。

左近は、浄閑寺の本堂の屋根から跳び下り、山谷堀を越えて高島藩江戸下屋敷に走った。そして、横手の長屋塀《ながやべい》から屋敷内に忍び込んだ。

左近は、甲賀忍びの炸裂弾攻撃を己の斃した甲賀忍びの死体の下の土中に潜り込んで耐え、無事なのを陽炎だけに報せて刻を過ごした。そして、如月兵衛たち甲賀忍びが木箱を運び去り、留守番頭の吉崎監物が出掛けたのを見定め、下屋敷に忍び込んだ。

左近は、奥御殿に忍び込んで隠居の一色白翁を見張り始めた。

一色白翁は、若い愛妾《あいしょう》を相手に笑っていた。

抜け荷の元凶《げんきょう》……。

左近は、冷笑を浮かべた。

三

木箱の蓋が開けられた。

四挺の元込め銃が入っていた。

「俄羅斯《オロシャ》渡りの元込め銃です」

如月兵衛は、元込め銃を初老の武士に差し出した。

「うむ……」

初老の武士は、元込め銃を手に取って見廻した。

「木箱一箱に元込め銃が四挺、五箱で二十挺。弾丸も入れて千両……」

吉崎監物は告げた。

「うむ。承知した。千両を此れに……」

初老の武士が供侍に告げた。

供侍が返事をし、長持ちから二つの金箱を出して持って来た。

初老の武士は、二つの金箱の蓋を開けた。

二つの金箱には、小判がぎっしりと並んでいた。

「一箱五百両、合わせて千両……」

初老の武士は告げた。

「うむ……」

吉崎監物は、如月兵衛に目配せをした。

兵衛は、金箱の小判を検めた。

「確かに……」

兵衛は頷いた。

古寺『香峰寺』の山門が開き、初老の武士が四人の供侍と長持ちを担いだ小者たちを従えて出て来た。

「陽炎さま……」

猿若は囁いた。

「ああ。抜け荷の元込め銃は長持ちの中だ」

陽炎は睨んだ。

初老の武士は、供侍と長持ちを担ぐ小者たちを従えて船着場に向かった。

陽炎と猿若は、物陰伝《づた》いに追った。

小者たちは、長持ちを屋根船の障子の内に運び込んだ。

初老の武士は障子の内に入り、供侍たちは屋根船の舳先《へさき》と艫《とも》に立ち、周囲を警戒した。

船頭は、屋根船を船着場から隅田川の流れに乗せた。

陽炎と猿若は、物陰から見送った。

烏坊の操る猪牙舟が、船着場にやって来た。

「陽炎さま……」

「私は如月兵衛を見張る。烏坊、猿若、屋根船が何処に行くか突き止めろ」

陽炎は命じた。

「心得ました」

猿若は、烏坊の操る猪牙舟に飛び乗った。

烏坊は、猪牙舟を操って初老の武士たちが乗った屋根船を追った。

陽炎は見送り、古寺『香峰寺』に駆け戻った。

古寺『香峰寺』の山門から吉崎監物たちが出て来た。

吉崎監物と二人の供侍は、金箱を背負った二人の甲賀忍びを従えて千住街道に向かった。

高島藩江戸下居屋敷に戻る……。

陽炎は読んだ。

古寺『香峰寺』に張られた甲賀忍びの結界が揺れた。

甲賀如月兵衛は、甲賀忍びの者たちに結界を解き、吉崎監物一行を秘かに護衛するように命じたのだ。

陽炎は、物陰に潜んで古寺『香峰寺』を見詰めた。

甲賀忍びの者たちは、結界を解いてその気配を消し去った。

陽炎は、千住街道に向かった。


屋根船は隅田川を下り、吾妻橋を潜って進んだ。

猿若を乗せた烏坊の操る猪牙舟は、一定の距離を保って大川を下る屋根船を追った。

竹町之渡《たけちようのわたし》、駒形堂《こまがた》、浅草御蔵《おくら》、神田川の合流地、そして両国橋……。

屋根船は両国橋を潜って進み、烏坊の猪牙舟は追った。

「何処に行く気かな……」

猿若は、猪牙舟の舳先に座って屋根船を見詰めていた。

「おそらく掘割近くの大名屋敷だろう」

烏坊は読んだ。

初老の武士たちの乗った屋根船は、新大橋を潜って三ツ俣《みつまた》に曲がった。

三ツ俣からは浜町堀、日本橋川に行ける。

そして、日本橋川は幾つもの掘割に続いている。

猿若と烏坊は、慎重に追った。


屋根船は三ツ俣から浜町堀に入った。

「浜町堀だ……」

猿若は告げた。

烏坊は、猪牙舟を巧みに操り、屋根船を追って浜町堀に進んだ。


大川三ツ俣寄りの浜町堀の堀端には、多くの大名屋敷があった。

屋根船は浜町堀を進み、支流に続く入江《いりえ》橋の下を西に曲がった。

烏坊は、猪牙舟の船足を上げて入江橋に急いだ。

屋根船は、浜町堀の支流の船着場に船縁を寄せていた。

「見て来る……」

猿若は、猪牙舟から堀端に跳び上がり、支流沿いを船着場に進んだ。

船着場に着いた屋根船から初老の武士と供侍が下り、長持ちを担いだ小者たちを護るように囲んで前の大名屋敷に入って行った。

猿若は見届けた。

「何処の大名の屋敷かな……」

烏坊が、猪牙舟を船着場に繋いで追って来た。

「聞き込むか……」

「うん……」

烏坊と猿若は、聞き込みに走った。

吉崎監物一行は、日本堤から高島藩江戸下屋敷に帰った。

陽炎は見届けた。

高島藩江戸下屋敷に甲賀忍びの結界が張られた。

それは、吉崎監物一行を秘かに警護して来た如月兵衛たち甲賀忍びが戻った証だった。

陽炎は見定めた。

左近は、既に高島藩江戸下屋敷に潜入している筈だ。

陽炎は、左近が首尾良く抜け荷の儲けの上前を撥ねる頃合いを読んだ。


高島藩江戸下屋敷の奥御殿は、静寂に満ちていた。

隠居の一色白翁は、奥御殿の茶室で茶を楽しんでいた。

「御前さま……」

茶道口の外から留守居頭の吉崎監物の声がした。

「吉崎か……」

「はい……」

「入るが良い」

吉崎監物が、茶道口から入って来た。

「首尾は……」

「上々にございます」

「そうか。ならば此れに……」

「はっ……」

吉崎は、茶道口の外に目配せをした。

二人の家来が、二つの金箱を運んで来て白翁の前に置いて出て行った。

「吉崎……」

白翁は、吉崎に蓋を取れと促した。

「はっ……」

吉崎は、二つの金箱の蓋を開けた。

二つの金箱には、綺麗に詰められた小判が光り輝いていた。

「金箱二つ、合わせて一千両にございます」

吉崎は告げた。

「うむ……」

白翁は、嬉しげに眼を細めて小判を眺めた。

鶉《うずら》の卵大の物が、天井から炉《ろ》に投げ込まれた。

白翁と吉崎は、輝く小判に気を取られて気が付かなかった。

炉から紫煙が揺れて漂った。

白翁と吉崎は戸惑い、気を失って倒れた。

天井から左近が現れ、金箱の一つを抱えて躙口《にじりぐち》から立ち去った。

秩父忍び秘伝の痺れ煙だった。

白翁と吉崎は、気を失って倒れたままだった。

狭い茶室に紫煙が満ち始めた。


左近は、五百両入りの金箱を抱えて茶室から奥御殿に入った。

奥御殿には、白翁の若い愛妾とお付き女中、僅かな近習がいるだけで、空き部屋も多くて閑散としていた。

左近は、金箱を抱えて警戒の手薄な奥御殿を進んだ。

そろそろ、陽炎が動く筈だ。

左近は、戸口近くの空き座敷に忍んだ。


頃合いだ……。

陽炎は、浄閑寺の本堂の屋根に上がり、高島藩江戸下屋敷の土塀に結界を張っている甲賀忍びに弩《ど》の矢を射た。

弩の矢は空を切り裂いて飛び、土塀に結界を張っている甲賀忍びの胸に突き刺さった。

甲賀忍びは仰け反り、土塀から転げ落ちた。

結界を張っていた隣の甲賀忍びが驚き、思わず立ち上がった。

陽炎は二の矢を放った。

甲賀忍びは、首を矢で射抜かれて土塀から落ちた。

甲賀忍びの結界が揺れ、殺気が湧いた。

陽炎は、結界を張る甲賀忍びに弩の矢を射続けた。

甲賀忍びは、弩の矢を射る者を捜した。だが、射る者は見付からず、混乱した。


甲賀忍びの気配が大きく揺れ始めた。

陽炎が動いた……。

左近は睨み、金箱を抱えて戸口の外に見える長屋塀の屋根を窺った。

甲賀忍びの者たちは、横手の結界を緩めて表門に向かっていた。

甲賀忍びは混乱している……。

左近は読んだ。

残る結界は、僅かな人数になった。そして、外に向かって警戒をしている。

左近は、奥御殿を出て内塀を越え、甲賀忍びが結界を張っている長屋塀の屋根に跳んだ。

甲賀忍びは、怪訝な面持ちで振り返った。
左近は、甲賀忍びの腹に素早く苦無を叩き込んだ。
甲賀忍びは、声を上げる間もなく崩れた。
左近は、金箱を抱えて長屋塀から外に跳び下りた。

甲賀如月兵衛は、結界を張っている配下の忍びを倒す弩の矢を射る者を捜した。
弩の矢を射ているのは、おそらく忍びの者だ。
兵衛は読み、辺りを捜した。
浄閑寺本堂の屋根……。
兵衛は気が付いた。
敵は浄閑寺本堂の屋根に忍び、結界を張る甲賀忍びを弩で射ているのだ。
「宗竜、浄閑寺本堂の屋根だ……」
兵衛は、宗竜に告げた。
宗竜は、配下の甲賀忍びを従えて山谷堀の向こうの浄閑寺に走った。
兵衛は見送り、敵の狙いを読んだ。
どういう狙いの攻撃なのだ……。

兵衛は読み続けた。
結界を崩して忍び込む……。
兵衛は気が付いた。
「持ち場に戻れ……」
兵衛は、甲賀忍びの者に命じた。
甲賀忍びの者は持ち場に戻った。
もし、何者かが結界を崩して忍び込んだとしたなら……。
兵衛は、不吉な予感に襲われて奥御殿に走った。

奥御殿に変わった事はなかった。
兵衛は、御隠居一色白翁を捜した。
白翁は、奥御殿の離れの茶室で留守居頭の吉崎監物と逢っている。
兵衛は知り、茶室に急いだ。
廊下を曲がると、奇妙な臭いがした。
しまった……。
兵衛は手拭いで鼻と口元を覆い、茶室の茶道口に来た。

奇妙な臭いは濃くなり、紫煙が漂っていた。

兵衛は、茶道口から茶室に踏み込んだ。

茶室には奇妙な臭いの紫煙が満ち、一色白翁と留守番頭の吉崎監物が倒れていた。

「御前さま、吉崎どの……」

兵衛は、白翁と吉崎を揺り動かした。

白翁と吉崎は、涎《よだれ》を垂らして気を失っていた。

痺れ煙……。

兵衛は知った。

そして、五百両入りの金箱が一つ残されているのに気が付いた。

「おのれ……」

何者かが結界の張られた下屋敷に忍び込み、白翁と吉崎に痺れ煙を吸わせて五百両を奪い盗っていったのだ。

日暮左近……。

そんな真似の出来る忍びの者は、日暮左近ぐらいなのだ。

左近は、炸裂弾に斃されていなかった。

兵衛は、近習の者たちを呼び、白翁と吉崎の介抱《かいほう》を命じて外に出た。

「兵衛さま……」

配下の甲賀忍びが、如月兵衛の許に現れた。

「横手の長屋塀に結界を張っていた者が何者かに刺し殺されていました」

忍びの者は報せた。

「殺された者、闘った形跡はあるのか……」

「それが、振り返ったところを刺されたようなんです」

忍びの者は、戸惑いを浮かべた。

「となると、背後から来た敵か……」

「おそらく。結界は外に向かって張られたもの、なのに背後、内側からとは……」

忍びの者は眉をひそめた。

「おのれ……」

兵衛は気が付いた。

日暮左近は、自分たちが浅草橋場町の古寺『香峰寺』に行っている間に下屋敷に忍び込み、潜んでいたのだ。

結界の張られていない下屋敷に忍び込むのは、造作《ぞうさ》もない事だ。

そして、白翁と吉崎に痺れ煙を吸わせて五百両の金を奪い、長屋塀の屋根の結界を内側から破って出て行ったのだ。

「日暮左近……」

兵衛は、日暮左近に激しい怒りと憎悪を覚えた。

江戸湊の潮騒は唸りのように響き、行燈の明かりは左近、陽炎、烏坊、猿若を仄《ほの》かに照らしていた。

「で、烏坊、猿若、抜け荷の元込め銃を買った初老の武士たちは、何者か見定めたか……」

陽炎は訊いた。

「はい。初老の武士たち、浜町堀は入江橋の奥にある信濃《しなの》国松宮《まつみや》藩の江戸中屋敷に元込め銃を担ぎ込みました」

烏坊は告げた。

「信濃国松宮藩か。左近……」

陽炎は眉をひそめた。

「うむ。ま、松宮藩、二十挺の元込め銃で謀反《むほん》を企てる事もあるまい」

左近は苦笑した。

「うむ……」

陽炎は頷いた。

「何《いず》れにしろ、松宮藩の始末は任せてもらおう。それで、皆のお蔭で甲賀如月兵衛を出し抜き、抜け荷の上前を撥ねる事が出来た」

左近は、五百両の入った金箱を差し出して蓋を開けた。

小判が煌めいた。

「おお……」

陽炎は、思わず声を洩らした。

烏坊と猿若は、眼を輝かせて喉を鳴らした。

「抜け荷の元込め銃の代金千両の半分、五百両だ……」

五百両の小判は、眩しく輝いた。

「私は百両貰う。残りの四百両は秩父忍びの取り分だ」

左近は笑った。

「左近……」

陽炎は戸惑った。

「世話になったな、陽炎。取り分の四百両を持って烏坊、猿若と秩父に帰ってくれ。私は甲賀如月兵衛を始末する……」

左近は、不敵に云い放った。

夜の江戸湊の潮騒は静かに響いていた。

四

柳森稲荷に参拝客は少なく、古着屋、古道具屋、七味唐辛子売りにひやかし客は多かった。

左近は、塗笠を目深に被って奥にある葦簀張りの飲み屋に入った。

「おう……」

主の嘉平は、塗笠を取った左近の顔を見詰めた。

左近は苦笑した。

「間違いない、日暮左近だな……」

嘉平は笑った。

「どんな噂になっている」

左近は尋ねた。

「甲賀忍びの炸裂弾攻めに遭い、五体が噴き飛ばされたとな……」

「そうか。だが、此の通り無事だ」

左近は笑った。

「甲賀忍びは何をしていたのだ」

嘉平は尋ねた。

「甲賀如月兵衛に率いられて、陸奥国高島藩の抜け荷の警護だ」

「高島藩の抜け荷の警護だと……」

嘉平は眉をひそめた。

「うむ。あの甲賀如月がな……」

左近は、蔑《さげす》むような笑みを浮かべた。

「そうか。なんと抜け荷の警護とは、甲賀の如月一族も食うのに精一杯のようだな……」

嘉平は、嘲りを浮かべた。

「うむ。もっとも俄羅斯からの抜け荷の品、元込め銃は信濃の大名家が買い取り、抜け荷の取引は首尾良く終わったが、抜け荷の元凶の隠居の一色白翁と留守番頭の吉崎監物は痺れ煙を吸っておかしくなった……」

「それはそれは……」

「して、此奴はいろいろ世話になった礼だ」

左近は、嘉平に切り餅一つ、二十五両を差し出した。

「そうか。遠慮なく戴《いただ》く……」

嘉平は、嬉しげに切り餅を懐に入れた。

「して、何かする事はあるか……」

「噂をな……」

左近は笑った。

はぐれ忍び日暮左近は、甲賀如月の攻撃を躱して陸奥国高島藩の抜け荷を見定めた……。

嘉平は、左近の云った事を噂として江戸の忍びの者たちと裏渡世に流した。

噂は、刻も掛からずに広まった。

「おのれ、日暮左近……」

甲賀如月兵衛は、宗竜からはぐれ忍びや裏渡世で囁かれている噂を聞き、激怒した。

「して宗竜。その噂、何処で聞いたのだ」

兵衛は、宗竜を見据えた。

「柳森稲荷の前にある飲み屋で嘉平という主から……」

宗竜は告げた。

「嘉平……」

兵衛は眉をひそめた。

「はい……」

宗竜は頷いた。

「その嘉平、どのような者なのだ」

「はい。得体の知れぬはぐれ忍びの年寄りで、江戸のはぐれ忍びを纏《まと》め、仕事の口利きをしたり、情報の売り買いをしているようです」

宗竜は報せた。

「おのれ。宗竜、その嘉平なる年寄り、日暮左近と通じ、甲賀如月の噂を流しているのかもしれぬな……」

兵衛は読んだ。

「ええ……」

宗竜は頷いた。

「よし。宗竜、嘉平なる年寄りを見張り、日暮左近と通じていたら捕らえるのだ……」

兵衛は命じた。

「心得ました」

宗竜は頷き、消えた。

兵衛は見送った。

それにしても、高島藩隠居の一色白翁と下屋敷留守番頭吉崎監物が痺れ煙の犠牲となり、五百両もの金が奪われた事は噂にはなっていないようだ。

それは、日暮左近が己に都合の良い噂だけを流しているからか……。

兵衛は読んだ。

何れにしろ、鍵は嘉平なるはぐれ忍びの年寄りだ……。

兵衛は眉をひそめた。

柳森稲荷前の空き地にある葦簀張りの飲み屋では、昼間から日雇い人足や食い詰め浪人たちが縁台や木株に腰掛けて安酒を飲んでいた。

宗竜は、葦簀張りの飲み屋に入った。

「おう……」

嘉平は迎えた。

「父っつあん、酒を貰おうか……」

宗竜は頼んだ。

「ああ……」

嘉平は、湯呑茶碗に酒を満たして宗竜に差し出した。

「十文だ」

「うむ……」

宗竜は、酒代を払って湯呑茶碗の酒を飲んだ。

「で、何か用かい……」

嘉平は尋ねた。

「日暮左近は何処にいる……」

宗竜は訊いた。

「日暮左近……」

嘉平は眉をひそめた。

「ああ。何処にいる」

「さあ、塒《ねぐら》は知らないな」

「本当か……」

「本当だ」

嘉平は笑った。

「ならば、日暮左近、次はいつ現れる……」

「さあて、いつかな……」

「父っつあん……」

「奴の気が向いた時だろうな」

「気が向いた時……」

「ああ……」

嘉平は頷いた。

「ならば、噂を流して貰おう……」

宗竜は、嘲笑を浮かべた。

「噂……」

「ああ……」

「どんな噂だ」

嘉平は眉をひそめた。

「はぐれ忍びの嘉平、甲賀に狙われたとな」

宗竜は、嘉平に苦無を突き付けた。

「手前……」

嘉平は、咄嗟に包丁に手を伸ばした。

「動くな……」

宗竜は、突き付けた苦無に力を込めた。

「宗竜、日暮左近を誘き出すつもりか……」

嘉平は、老顔に怒りを滲ませた。


日が暮れた。

柳森稲荷の参拝客は帰り、古着屋、古道具屋、七味唐辛子売りは店仕舞いし、葦簀張りの飲み屋の小さな明かりだけが揺れていた。

甲賀が嘉平を狙う……。

噂は、江戸に忍び暮らすはぐれ忍びの者たちに流れた。

俺を誘き出す罠《わな》……。

左近は噂を聞き、そう読んだ。

だが、噂に乗るしかない……。

塗笠を目深に被った左近は、柳森稲荷前の暗い空き地を眺めた。

奥に葦簀張りの飲み屋の小さな明かりだけが見えた。

左近は、目深に被った塗笠を上げ、葦簀張りの飲み屋の周囲を透かし見た。

珍しく安酒を楽しむ者はいない……。

左近は見定めた。

葦簀張りの飲み屋の小さな明かりの前を人影が過った。

嘉平か、それとも甲賀忍びか……。

左近は眉をひそめた。

何れにしろ、見定めなければならない。

たとえ罠であろうとも……。

決着をつける時だ。

左近は、葦簀張りの飲み屋に進んだ。

暗い空き地に殺気が湧いた。


左近は、葦簀張りの飲み屋に踏み込んだ。

「おう。来たのかい……」

嘉平は笑った。

「無事か……」

「ああ。だが、下手に動けば、手裏剣や半弓の矢、炸裂弾が一斉に飛んでくる」

嘉平は苦笑した。

「して、どうする……」

左近は、嘉平の出方を窺った。

「殺《や》られる前に殺るしかない……」

嘉平は、手桶《ておけ》に一升徳利《いっしょうどっくり》の油を注いで紙や古布、枯葉を入れた。

左近は見守った。

「殺し合いは柳森稲荷の裏の河原だ……」

嘉平は、楽しそうな笑みを浮かべて火の灯された蠟燭《ろうそく》を取り、手桶の中に投げ入れた。

手桶の中の油の染みた紙、古布、枯葉が一気に燃え上がった。


殺気は激しく揺れた。

葦簀張りの飲み屋は、大きく燃え上がった。

宗竜たち甲賀忍びが周囲の暗がりから現れ、燃える葦簀張りの飲み屋に一斉に十字手裏剣を投げた。

十字手裏剣は、燃え上がる葦簀張りの飲み屋に次々に飛び込んだ。

刹那、炸裂弾の閃光が走り、爆風が四方に吹き抜けた。

宗竜たち甲賀忍びは伏せた。

爆風は燃え上がる火を吹き消した。

葦簀張りの飲み屋は跡形もなく消え、嘉平と左近の姿はなかった。

「柳森稲荷の裏の河原だ……」

宗竜は睨み、甲賀忍びに報せた。

甲賀忍びの者たちは、柳森稲荷の裏の河原に走った。

神田川の流れは煌めいていた。

左近と嘉平は、宗竜たち甲賀忍びの包囲を破り、柳森稲荷裏の河原に逃れた。

嘉平は、河原に立つ桜の木に走り、枝の陰に隠してあった六尺棒を取り出した。

抜かりはないか……。

左近は笑った。

「さあて、甲賀の田舎忍びに、江戸のはぐれ忍びの恐ろしさを見せてやるか……」

嘉平は、楽しそうに笑った。

闇から殺気が迫って来た。

宗竜たち甲賀忍びだ。

「来たぞ……」

「うん……」

左近と嘉平は、迫る殺気と向かい合った。

甲賀忍びの殺気は、左近と嘉平を取り囲んだ。

「現れたか、日暮左近……」

甲賀如月兵衛は、宗竜を従えて闇から出て来た。

「甲賀如月兵衛か……」

左近は迎えた。

「日暮左近、よくも隠居の一色白翁を痺れ薬漬けにしてくれたな」

「信濃国松宮藩との抜け荷、元込め銃の取引が無事に終わったのを感謝するのだな」

左近は嘲笑した。

「黙れ。雇い主の一色白翁を寝たきりにされ、我ら甲賀如月の名は地に落ち、忍びの者たちの笑い者になった。その恨みを晴らす」

兵衛は、抜け荷の相手が知れているのに驚き、怒りを滲ませた。

「俺を恨むより、抜け荷の用心棒に雇われた己を恥じるのだな」

左近は冷笑した。

「おのれ。宗竜……」

兵衛は、宗竜を促した。

宗竜は、右手を上げた。

甲賀忍びの者たちが闇を揺らして現れ、一斉に十字手裏剣を投げた。
左近は塗笠、嘉平は六尺棒を振るって飛来する十字手裏剣を弾き飛ばした。
「おのれ……」
宗竜が忍び刀を抜き、甲賀忍びを率いて左近と嘉平に突進した。
嘉平は踏み込み、宗竜に六尺棒を振るった。
六尺棒の先から鉄礫《てつつぶて》が飛び出し、駆け寄る宗竜に唸りを上げて飛んだ。
宗竜は咄嗟に躱したが、鉄礫を横腹に受けて仰向《あおむ》けに倒れた。
「江戸のはぐれ忍びの恐ろしさ、見せてやる」
嘉平は笑った。
甲賀忍びの者たちが忍び刀を煌めかせ、左近と嘉平に殺到した。
次の瞬間、甲賀忍びの者たちが飛来した様々な手裏剣を受けて次々に倒れた。
左近は戸惑った。
甲賀忍びは驚いた。
様々な忍び装束の忍びの者たちが現れ、甲賀忍びに襲い掛かった。
甲賀忍びは怯んだ。
「嘉平の父っつあん……」

左近は、嘉平を見た。

「江戸のはぐれ忍びだ。甲賀が儂を狙うという噂を聞き、集まってくれたんだぜ」

嘉平は、嬉しそうに笑った。

「流石は嘉平の父っつあん。人徳だな……」

左近は苦笑した。

「ああ……」

嘉平は、満足そうに頷いた。

甲賀忍びの者たちは、はぐれ忍びの者たちの思わぬ攻撃に混乱し、次々に倒されていた。

伊賀《いが》、甲賀、風魔《ふうま》、根来《ねごろ》、出羽《でわ》、木曾《きそ》……。

様々な忍びの抜け忍、はぐれ忍びは縦横に闘った。

甲賀忍びの者たちは押された。

兵衛は、指笛を鳴らした。

甲賀忍びたちは一斉に退いた。

はぐれ忍びたちは追った。

甲賀如月兵衛と宗竜が残り、左近と嘉平に対峙した。
「おのれ……」
兵衛は、左近を見据えて刀を抜き放った。
「退がっていろ……」
左近は、嘉平に囁いて無明刀を抜いた。
嘉平は、左近から離れて見守った。
「日暮左近、甲賀如月の名に懸けてお前を斬り棄てる……」
兵衛は、刀を肩に担ぐように構えて左近に歩み始めた。
左近は、無明刀を両手で頭上高く構えた。
天衣無縫の構えだ。
隙だらけだ……。
兵衛は嘲笑を浮かべ、刀を構えて足取りを速めた。
左近は、無明刀を頭上高く構えて微動だにしなかった。
嘉平は見守った。
兵衛は、刀を構えて猛然と左近に駆け寄り、袈裟懸けに斬り付けた。
剣は瞬速……。

無明斬刃……。
左近は、無明刀を真っ向から斬り下げた。
刀は閃光となって交錯した。
左近と兵衛は、残心の構えを取って凍て付いた。
嘉平は、喉を鳴らした。
兵衛は、額から血を流して横倒しに崩れた。
左近は、残心の構えを解き、小さく息を吐いた。
「見事だ……」
嘉平は感心した。
左近は苦笑した。
宗竜が呻《うめ》き、僅かに動いた。
「宗竜……」
左近は呼んだ。
宗竜は、苦しげに顔を向けた。
「如月兵衛を葬り、生き残った忍びを率いて甲賀に帰るのだな」
左近は告げた。

「ああ……」

宗竜は頷いた。

左近は、河原を後にした。

「宗竜、甲賀如月のお館《やかた》に伝えろ。仇《かたき》を討つなら江戸のはぐれ忍びが相手だとな」

嘉平は、宗竜に言い残し、先を行く左近を追った。

神田川の流れに月影は揺れた。


陸奥国高島藩隠居の一色白翁は、俄羅斯《オロシャ》から元込め銃を抜け荷し、信濃国松宮藩に千両で売り渡した。

抜け荷は噂となり、江戸の町に緩やかに広まり始めた。

公儀がそれを知り、詮議を始めるのに刻《とき》は掛からないだろう。

左近は読んだ。

出稼ぎ人の父親の平吉を捜しに来た少女おゆみとの出逢いから始まった一件は、高島藩隠居の抜け荷に繋がり、甲賀如月の忍びの者との殺し合いになって終わった。

左近は、己の急を聞いて秩父から駆け付けてくれた陽炎、烏坊、猿若を思い浮かべた。

四百両を何に使うのか……。

左近は苦笑した。

江戸湊は煌めいた。

鉄砲洲波除稲荷の空には、鷗《かもめ》が煩《うるさ》い程に鳴きながら舞い飛んでいた。

左近は、本殿に手を合わせて日本橋馬喰町の公事宿『巴屋』に向かった。

汐風は左近の鬢の解れ毛を揺らし、その背を押した。

光文社文庫

文庫書下ろし／長編時代小説
決闘《けっとう》・柳森稲荷《やなぎもりいなり》　日暮左近事件帖《ひぐらしさこんじけんちょう》
著　者　藤《ふじ》井《い》邦《くに》夫《お》

2023年2月20日　初版1刷発行

発行者　三宅貴久
印　刷　萩原印刷
製　本　フォーネット社

発行所　株式会社　光文社
〒112-8011　東京都文京区音羽1-16-6
電話（03）5395-8149　編集部
8116　書籍販売部
8125　業務部

ISBN978-4-334-79500-9　Printed in Japan

組版　萩原印刷

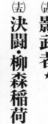

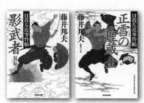